No me olvidarás

EMILIE ROSE

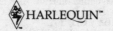

Editado por HARLEQUIN IBÉRICA, S.A.
Núñez de Balboa, 56
28001 Madrid

I.S.B.N.: 978-84-671-8644-4
Depósito legal: B-30053-2010
Editor responsable: Luis Pugni
Preimpresión y fotomecánica: M.T. Color & Diseño, S.L.
C/ Colquide, 6 portal 2 - 3º H. 28230 Las Rozas (Madrid)
Impresión y encuadernación: LITOGRAFÍA ROSÉS, S.A.
C/ Energía, 11. 08850 Gavá (Barcelona)
Fecha impresion para Argentina: 28.2.11
Distribuidor exclusivo para España: LOGISTA
Distribuidor para México: CODIPLYRSA
Distribuidores para Argentina: interior, BERTRAN, S.A.C. Vélez
Sársfield, 1950. Cap. Fed./ Buenos Aires y Gran Buenos Aires,
VACCARO SÁNCHEZ y Cía, S.A.
Distribuidor para Chile: DISTRIBUIDORA ALFA, S.A.

Capítulo Uno

Paige McCauley se quedó paralizada. Se le revolucionó el corazón y sintió que se ruborizaba.

Lo bueno de mantener una aventura de una sola noche era que, cuando finalizaba, se suponía que debía terminar para siempre. Y eso todavía tenía más importancia si había sido una experiencia humillante.

Había pasado buena parte de los anteriores doce meses preocupándose por aquel día. Cada vez que había visto a un hombre alto de pelo rubio vestido con traje y corbata se había estremecido... algo que iba a volverla loca, ya que su trabajo implicaba tratar con hombres de negocios y asistir a convenciones. Pero no le cupo ninguna duda de que la cara y el cuerpo que se estaban acercando a ella pertenecían al hombre que la había encontrado tan insípida que ni siquiera...

Se esforzó por dejar de pensar en aquello. Los recuerdos de aquella noche provocaban que deseara marcharse a Carolina del Sur para esconderse detrás del mostrador de la ferretería de sus padres. Pero sabía que no podía hacer eso. No sólo tenía un trabajo que la mantenía en Las Vegas, sino que regresar a casa implicaría tener que soportar todas las habladurías y admitir ante su familia que había exagerado al

3

hablarles de su nueva y emocionante vida en la ciudad del pecado.

Reuniendo todo el coraje que tenía, se enderezó y rezó para poder salir airosa de los siguientes cinco minutos. Sintió que se le humedecían las manos al observar la bella cara de Trent Hightower y esperar que éste la reconociera.

Pero él la miró de arriba abajo y, cuando las miradas de ambos se encontraron, asintió con la cabeza sin ninguna señal de que la hubiera reconocido. Luego continuó andando, dejando tras de sí un leve aroma a colonia, que impregnó los pulmones de ella.

Paige se preguntó a sí misma si, con la ropa puesta, era invisible. Aquel hombre la había visto desnuda y se planteó si ni siquiera se merecía que la saludara.

Fastidiada, se dio la vuelta para seguirlo con la mirada. Pero él no se giró en ningún momento.

—¿Trent?

Aquel atractivo hombre se detuvo al oír su nombre y se dio la vuelta muy despacio.

—¿Sí?

Ella había sido durante toda su vida la hermana mediana invisible… hasta que había dado ciertos pasos drásticos para cambiar aquella realidad, pasos que habían incluido a Trent, su primer y único intento de mantener una aventura de una sola noche.

Pero parecía que él se había olvidado de ella.

Apretó los puños, se enderezó y se acercó a Trent, decidida a que éste no supiera que su rechazo había hecho aflorar en ella viejas heridas. El episodio que se había desarrollado en la suite de él el año anterior había sido incómodo y vergonzoso. No había estado

4

a la altura de sus expectativas. Pero ella tenía su orgullo y, en aquel momento, se sintió embargada por él.

–¿No ibas a saludarme?

Trent parecía un poco impaciente, como si tuviera que estar en otro lugar.

–Hola.

–¿Has venido para asistir de nuevo este año a la convención de aviación?

Tras preguntarle aquello con la intención de que él recordara lo que había ocurrido el año anterior y percatarse de la educada expresión que estaba esbozando, Paige se dio cuenta de que no se acordaba de ella. Se quedó muy apesadumbrada.

Pensó que, de nuevo, otro hombre la había despreciado y olvidado.

–Así es. ¿Hay algo que pueda hacer por usted?

Paige deseó poder alejarse de allí y fingir que aquel encuentro no había ocurrido nunca, pero ya había tomado el camino fácil cuando, catorce meses antes, había metido sus pertenencias en su vehículo y había conducido cientos de kilómetros para empezar una nueva vida en Las Vegas.

–Nos conocimos el año pasado.

Trent frunció el ceño.

–Pasamos juntos unas horas… arriba… en tu suite –añadió ella, alterada.

Él se puso rígido pero, tras unos segundos, los músculos de su cara se relajaron.

–Sí. Claro… umm…

–Paige –dijo ella entre dientes al percatarse de que Trent no tenía ni un vago recuerdo de aquella noche. Pensó que no podía culparlo por querer apartar de su mente el desagradable incidente que había ocurrido...

Ambos se habían divertido mucho coqueteando inocentemente en el bar del hotel. Él había sido un atractivo hombre, simpático y elegante, que le había hecho sentirse femenina y deseada. Un hombre que le había realizado una sugerente invitación.

Paige había tenido que hacer uso de todo su coraje para ser capaz de subir a la suite de Trent aquella noche. Pero las cosas no habían terminado muy bien...

–Desde luego. Paige. Lo siento. Discúlpame por no haberte conocido. Estoy un poco ensimismado.

Ella recordaba que él había sido una persona encantadora y muy habladora, desde el momento en el que se había ofrecido a invitarla a una copa hasta el momento en el que la había acompañado al ascensor... después del desastre. Pero aquel día, Trent no parecía encantador en absoluto. Su lenguaje corporal dejaba claro que no quería que se acercaran a él.

Pensó que había sido una idiota al haber aceptado la invitación de Trent. No podía creerse lo decepcionante que había sido su primera y única incursión en el lado salvaje. Se había quedado demasiado mortificada y desilusionada como para intentarlo de nuevo.

Se reprendió a sí misma al recordar que aquello no le había impedido fingir delante de sus hermanas. Supuso que alguno de aquellos días todas las historias que les había contado se volverían en su contra, aunque era mejor adornar su aburrida y solitaria vida antes que permitir que su familia se preocupara, o sintiera pena, por ella.

Ya se encargaría de solucionar la situación si algún día se descubrían sus mentiras. Aunque lo que no supo era cómo iba a arreglar la situación que había creado en aquel momento.

Sabía que lo mejor sería actuar de manera fría y educada, por lo que se obligó a relajarse. Todo el mundo cometía errores y Trent Hightower era uno de los que ella había cometido... uno muy grande. El hecho de que éste nunca la hubiera telefoneado tras su encuentro dejaba claro que sentía lo mismo por ella.

—Nuestro encuentro no tuvo ninguna repercusión, ¿cierto? —quiso saber él.

—No.

—Bien. Me alegra haberte vuelto a ver... Paige. Si me disculpas... —dijo entonces Trent, alejándose.

Boquiabierta, ella observó como se alejaba. Pensó que había algunas cosas que una mujer simplemente no podía olvidar, como los increíbles ojos claros que aquel hombre tenía, su fuerte mandíbula y la deliciosa boca que poseía.

Pero algo le llamó la atención; él parecía tener más confianza en sí mismo, sus pasos parecían muy decididos... incluso sus hombros parecían más anchos, así como su voz más profunda y firme. Aunque tal vez todo aquello se debía a que se sentía tan incómodo como ella acerca de la manera en la que habían terminado las cosas aquella noche.

Ella había intentado con desesperación olvidar aquellos acontecimientos, pero parecía que iba a tener que soportar un recordatorio de ello durante el resto de la convención. Tenía una cosa clara; jamás permitiría que Trent Hightower supiera lo mucho que la había afectado ni que él había terminado con su fantasía de tener una vida emocionante en la gran ciudad, una vida que implicaba superar la agonía de haber sido abandonada por el hombre que había creído que iba a proponerle matrimonio...

Se estremeció al comprobar la hora en su reloj de pulsera. Si seguía ensimismada en sus recuerdos, iba a llegar tarde al trabajo. La curiosidad que sentía por Trent Hightower iba a tener que esperar hasta el siguiente encuentro que tuviera con él. Y, como ambos iban a tener que compartir las mismas instalaciones durante la semana siguiente, no le cabía duda de que volvería a verlo.

Trent maldijo a su maquinador, mentiroso y aparentemente adúltero hermano gemelo.

En vez de seguir su camino hacia la sala de conferencias, se metió en un abarrotado ascensor. Tenía que hablar con su hermano y no quería que nadie de la industria aérea escuchara la conversación.

Se preguntó a sí mismo quién era aquella mujer y por qué su hermano habría puesto en peligro su matrimonio para estar con ella. No comprendió cómo Brent no había aprendido nada de las numerosas y sórdidas aventuras de su madre.

En cuanto cerró tras de sí la puerta de su suite, tomó su teléfono móvil y marcó el número de su hermano. Impaciente, comenzó a dar vueltas por la habitación en espera de que Brent respondiera.

–Hola, hermano. ¿Qué tal en Las Vegas? ¿Has llegado ya al hotel? –contestó Brent.

–Brent, ¿qué demonios hiciste mientras estuviste aquí el año pasado?

–¿Hay mucha gente? –respondió su hermano, ignorando la pregunta.

–¿Quién es ella? –gruñó Trent.

–No sé de qué estás hablando –aseguró Brent con una voz exageradamente inocente.

–Se me ha acercado una mujer en el hotel que dice que pasó tiempo conmigo, en mi suite, el pasado diciembre –explicó Trent, enfurecido–. Pero yo no estaba aquí, Brent, sino que estabas tú. Y utilizaste mi nombre. De nuevo. ¿No es así? Ya eres demasiado mayor como para hacer ese tipo de cosas.

–Utilizar tu nombre resultó más fácil que tener que cambiar las reservas. Te echaste para atrás en el último minuto, ¿lo recuerdas?

–Tuve que ocuparme de una crisis laboral, ¿lo recuerdas tú? –respondió Trent.

Aquélla había sido una crisis causada por su gemelo. Brent, como encargado de ventas de Hightower Aviation, le había prometido a un cliente más servicios de los que la empresa podía ofrecerle. Trent había pedido innumerables favores para evitar tener que romper la promesa que se le había hecho al cliente. En los negocios, la reputación lo era todo.

–¿Quién es ella y qué ocurrió entre ambos?

–Eso depende. ¿Es rubia, castaña o pelirroja?

–¿De cuántas mujeres estamos hablando? –exigió saber Trent, alterado.

–¿En aquella conferencia? Umm… déjame pensar. De tres. Una de cada color de pelo.

–Ésta es rubia y se llama Paige.

–Oh, ella.

El extraño tono de voz que empleó su hermano provocó que Trent se pusiera tenso.

—¿Qué?

—Nada.

—¿La llevaste a tu suite o no?

Brent mantuvo silencio durante unos momentos.

—Sí —contestó finalmente.

—¿Y…?

—Eso no es asunto tuyo.

—Brent, eres un idiota.

—Si recuerdas, Luanne y yo estábamos teniendo problemas maritales en aquella época. Yo simplemente estaba explorando mis opciones —contestó Brent a la defensiva.

—Tu matrimonio es como una guerra; siempre estáis peleándoos por algo y tu esposa siempre termina marchándose a casa de su madre. Pero esto… ¿en qué estabas pensando?

—Líbrate de Paige antes de que Luanne y yo vayamos para allá la semana que viene.

—Quédate en casa.

—No puede ser. Mi esposa está deseando ver Las Vegas.

—Es demasiado arriesgado.

—Simplemente encárgate de Paige y de cualquier otra mujer que pueda aparecer de improviso. Si Luanne se entera de esto, me lo hará pagar muy caro.

—Merecidamente. Pero yo siempre tengo que arreglar tus errores. Tu esposa te arruinaría, así como a Hightower Aviation. No debiste haberle entregado la mitad de tus acciones.

—Tenía que demostrarle mi amor. Soluciona esta situación, Trent.

—Maldita sea, Brent, no puedo estar siempre arreglando tus errores. Tienes treinta y cuatro años. ¿Cuándo vas a crecer?

–Ahórrate el discurso, hermano; me lo sé de memoria. Ambos sabemos que no vas a permitir que ocurra un desastre. Valoras Hightower Aviation Management Corporation más que ninguna otra cosa... incluida la felicidad de tu hermano gemelo.

–No intentes darle la vuelta a esta situación y hacerme parecer el tipo malo.

–Luanne y yo no vamos a cambiar nuestros planes. Ella está decidida a renovar nuestros votos matrimoniales delante de Elvis antes de que nazca el bebé. Y no queremos disgustar a la futura mamá ni arruinar mi segunda luna de miel. Por cierto, quiero que seas de nuevo mi padrino.

–¿Para qué? ¿Para que pueda oponerme en esta ocasión como debí haberlo hecho la primera vez? Eras demasiado joven para casarte.

–Pero lo hice. ¿Puedo contar contigo?

–No cambies de tema. Estamos hablando de tu metedura de pata y de las posibles desastrosas consecuencias que puede traer.

–¿Sí? Pensaba que estábamos hablando de que voy a renovar mis votos matrimoniales.

Trent tuvo que contenerse para no decirle a su hermano lo que estaba pensando. El embarazo era quizá la única razón por la cual su sibilina cuñada no había seguido adelante con su amenaza de divorcio. Si ésta descubría que su marido la había engañado con una atractiva rubia de ojos castaños poseedora de un dulce acento sureño, no le cabía la menor duda de que Luanne iría de inmediato al despacho de su abogado, lo que provocaría otro enorme escándalo alrededor de la familia Hightower. Los últimos que había habido apenas acababan de terminar.

—Trent, siempre puedes marcharte y no asistir a la convención.

La sugerencia de su hermano no le sorprendió. Brent prefería no arreglar las situaciones que podía evitar, a diferencia de él, que siempre prefería solucionar los problemas antes que evitarlos. Tal vez su hermano y él parecieran idénticos, pero sus filosofías de vida eran diametralmente opuestas.

—Tengo que dar tres conferencias. No voy a fallarles a los organizadores.

—Entonces supongo que tendrás que solucionar el problema.

—¿Quién es esa mujer?

—Una chavala que conocí en un bar. Probablemente se acueste con un hombre diferente en cada convención. Líbrate de ella. Por favor. Por fin voy a ser papá, Trent. No quiero estropearlo.

Trent se llevó una mano a los tensos músculos del cuello. Brent sabía cómo salirse con la suya.

—Deberías haber pensado en eso antes de haberte desabrochado la bragueta.

—Entonces piensa en la reunión de la junta directiva que has organizado para la semana que regresas. Esta noticia no ayudará a tu causa.

Impactado, Trent tuvo que reconocer para sí mismo que Brent tenía razón. Los planes que tenía para Hightower Aviation jamás podrían llevarse a cabo si su familia no dejaba de tomar decisiones necias y de atraer publicidad negativa. Cada vez que un Hightower aparecía en una de las columnas de cotilleo de los periódicos, su credibilidad como director de la empresa caía en picado. Si no podía controlar a su familia, la junta directiva no iba a creer que pudiera controlar una empresa multimillonaria ni aprobaría la financiación de sus planes de expansión.

Muy inteligentemente, su abuelo había establecido un enrevesado sistema de aprobación para los gastos importantes en la época en la que su padre había acostumbrado a tomar grandes sumas de dinero para el juego, al que era adicto.

Irritado y frustrado, comenzó a dar vueltas por la suite. Pensó que tenía que aprovechar la situación ya que, en aquel momento, los pequeños competidores de HAMC estaban teniendo problemas. Podía comprarlos por muy poco dinero y ganar terreno.

–Veré lo que puedo hacer –le dijo a su hermano–. Pero, Brent, ésta es la última vez que voy a salvarte el trasero.

–Ya, ya, eso es lo que dices siempre. Pero sé que puedo contar contigo, hermano. Oye, tengo que irme… viene Luanne –contestó Brent antes de colgar el teléfono.

Trent volvió a meterse el teléfono en el bolsillo. Haría lo que fuera para salvar el negocio familiar… hecho que ya había quedado demostrado repetidamente. En primer lugar, al haber renunciado a su sueño de ser piloto de las fuerzas aéreas para unirse a HAMC tras la universidad y lograr resolver el caos que había creado su padre. Y, hacía tan sólo unas horas, al no haber sacado a Paige de su error.

Decidió que lo primero que tenía que hacer era librarse de aquella mujer, tras lo cual debía formular un excelente plan de control.

Pero sabía que para hacer cualquiera de aquellas

cosas necesitaba más información. Se preguntó a sí mismo quién sería aquella tal Paige y si la presencia de ésta de nuevo en la convención aquel año era una coincidencia.

Volvió a sacar su teléfono móvil para telefonear de nuevo a su hermano, pero le saltó directamente el contestador. Pensó que el idiota de Brent había desconectado su teléfono para evitar futuras llamadas. Algo típico de él.

Al meterse de nuevo el teléfono en el bolsillo, se dio cuenta de que encontrar a una preciosa rubia, cuyo apellido no conocía, en un hotel de aquellas dimensiones iba a ser muy difícil. Pero, una vez que la encontrara, iba a asegurarse de que Paige se marchara de aquel lugar antes de que llegaran los futuros papás… aunque tuviera que ofrecerle unas vacaciones pagadas para lograrlo.

Esbozando una mueca, Paige tomó su carpeta de trabajo y se dirigió al salón de banquetes para enfrentarse al primer problema que debía resolver en la convención. Tal vez su cargo se denominara coordinadora de eventos, pero había aprendido que en el Hotel Lagoon y en el casino aquello implicaba que tenía que resolver innumerables problemas. Afortunadamente, estaba a la altura de las circunstancias gracias a que durante las vacaciones escolares había trabajado en la ferretería de sus padres.

Cuando entró en el salón, vio a un enfadado Trent Hightower junto al podio. Por segunda vez aquel día, se quedó paralizada. Se preguntó si él era el conferenciante que estaba teniendo problemas con el micrófono. Maldijo su mala suerte y fue consciente de que no estaba preparada para volver a verlo tan pronto. Pero no tenía otra opción.

Se dijo a sí misma que el hecho de que lo hubiera visto casi desnudo no lo convertía en alguien especial. Debía tratarlo como al resto de los invitados al evento.

Respiró profundamente y se acercó al podio. Al ver que Trent levantaba la mirada, le dio un vuelco el corazón. Y, al mirarle él el pecho, se le endurecieron los pezones. Le resultó curioso el hecho de que cuando Trent la había mirado el anterior mes de diciembre no le había ocurrido nada de aquello. Pero pensó que, en aquella ocasión, ambos habían estado más relajados… como lo había estado ella en su relación con David, su ex.

—Antes no llevabas una placa con tu nombre —comentó entonces Trent.

Paige se quedó muy decepcionada al percatarse de que él estaba mirándole la placa y no los pechos. Fue un poco humillante… sobre todo si tenía en cuenta su reacción.

—Tal vez recuerdes que me gusta darme una vuelta por el hotel antes de fichar.

—Desde luego —mintió Trent tras vacilar.

—¿Cuál es el problema?

—Hay demasiada realimentación.

Ella no era técnica de sonido, pero había adquirido cierta experiencia a lo largo de los años. Intentó pasar por detrás de él, el cual simultáneamente se movió en la misma dirección para, a continuación, hacerlo en dirección opuesta. El incómodo pequeño baile que realizaron se parecía demasiado a la torpeza que habían compartido el año anterior en la suite. Sólo que en aquella ocasión había algo… distinto, como si la electricidad estática les envolviera.

Trent la agarró por los hombros para detenerla, tras lo cual se echó a un lado y le indicó que pasara. A Paige le dio un vuelco el corazón y sintió que un cosquilleo le recorría los hombros.

Se obligó a andar y se acercó al micrófono, por el cual habló. Sus palabras hicieron eco por toda la sala. Se estremeció, ya que no le gustaba el sonido de su voz. Los empleados del hotel siempre bromeaban con ella acerca del acento sureño que, tras un año de intentos, todavía no había sido capaz de mejorar.

Entonces se bajó del escenario y ajustó algunos mandos de la unidad central que había en una esquina. Fue consciente de que Trent no le quitó la vista de encima en ningún momento. Cuando se enderezó, se percató de que la altura del podio provocaba que la entrepierna de él estuviera precisamente a la altura de sus ojos. Se preguntó si habría hablado con un médico sobre su problema…

O tal vez el problema había sido ella y sólo ella. Apartó la mirada y carraspeó.

—Inténtalo ahora.

Trent se acercó de nuevo al micrófono con mucha confianza, como si estuviera acostumbrado a dirigirse a multitud de gente y no le importara escuchar su voz.

—Probando, uno, dos… Suena mejor. Gracias, Paige.

Ella sintió como si el profundo tono de voz de él le hiciera vibrar la espina dorsal. Se estremeció de una manera en la que definitivamente no se había estremecido en su suite.

–De nada.

–No llevas un uniforme de hotel –comentó Trent al subirse Paige de nuevo al podio.

–Nunca lo llevo. Y tú sabes por qué –respondió ella. La noche en la que se habían conocido en el bar del hotel, le había explicado que el gerente quería que se vistiera de forma elegante para poder tratar cómodamente con sus acaudalados clientes.

Pero pensó que seguramente Trent se había olvidado de aquello de la misma manera en la que se había olvidado de todo lo demás sobre ella.

–¿Hay algo más que pueda hacer por ti? –le preguntó.

La mirada de él pareció enfriarse. El color de sus ojos pasó de un azul verdoso a un frío gris ártico.

–Paige, lo que ocurrió entre ambos en la última convención no volverá a ocurrir –aseguró.

Ella se estremeció, ya que aquello le dolió. Pero miró a Trent fijamente a los ojos y se forzó a esbozar una sonrisa.

–Trent, no te culpo por sentirte… avergonzado debido a nuestro encuentro previo. Ambos nos quedamos decepcionados sobre… umm… aquel episodio. Pero eso no significa que tengas que ser grosero. En aquella suite estuvimos dos personas y yo estaba increíblemente nerviosa. Tú fuiste mi primera aventura de una sola noche.

–¿Eras virgen? –preguntó él, que parecía haberse quedado muy impresionado.

–No. Pero… no… no suelo subir a las suites de los hombres que se hospedan en el hotel.

–¿No?

Paige pensó que aquella contestación decía mucho de la opinión que Trent tenía de lo que había ocurrido entre ambos. Ignoró el hecho de que se había ruborizado y continuó hablando.

–No. Como estaba diciendo, acepto mi parte de culpa por nuestra… ni mucho menos maravillosa noche juntos. Pero la otra parte de culpa es tuya. Puedo comprender que no quieras repetir la experiencia. Créeme; a mí tampoco me entusiasmaría la idea. Pero estaría bien que pudiéramos dejar el pasado atrás y ser civilizados, ya que vamos a vernos con bastante frecuencia durante la convención. Que tengas un buen día.

Aliviada al haber dicho todo aquello, dio media vuelta y se alejó de allí tan rápido como se lo permitieron sus temblorosas piernas. Pensó que le encantaría poder evitar a Trent durante los siguientes días, pero no iba a esconderse. Tenía demasiado orgullo.

Capítulo Dos

«¿Ni mucho menos maravillosa noche juntos?».

El orgullo de Trent se sintió herido. Había querido información, pero no le había gustado lo que había oído.

Se sentía muy satisfecho de la destreza como amante que había adquirido desde sus primeras aventuras de adolescente. Y, aunque no había sido él quien había estado con Paige, la idea de que ésta pensara que había fallado al satisfacerla en la cama le pareció indignante.

Deseaba corregirla y sacarla de su error. Pero no podía hacerlo, no sin dar al traste con sus planes de expansión de Hightower Aviation y poner en riesgo el matrimonio de su hermano… con las consecuencias tanto emocionales como económicas que ello conllevaría.

Parte de él le advirtió que reuniera todo su autocontrol y que se mantuviera alejado de Paige.

Pero otra parte quería hacerle tragar sus palabras a aquella orgullosa mujer, aunque sabía que aquello no sería inteligente.

Se preguntó qué demonios habría ocurrido entre su hermano y la coordinadora de eventos del hotel. No quería saberlo pero, al mismo tiempo, no podía permitirse ignorarlo. Arreglar aquella situación le resultaría imposible sin saber contra qué se estaba enfrentando. Fuera lo que fuera, no podía ser nada bueno.

Sintió ganas de retorcerle el cuello a Brent y se dijo a sí mismo que debía encontrar la manera de evitar el desastre seguro que iba a ocurrir si no actuaba. Pero no sabía cómo.

Su intención de librarse de Paige antes de que Brent y Luanne llegaran a Las Vegas se había ido al traste cuando había leído la placa de la trabajadora del hotel. Paige McCauley era una empleada del Lagoon.

Pero tenía que haber otra solución. Y él iba a encontrarla. Observó como ella se alejaba. Se fijó en su estrecha cintura, en sus curvilíneas caderas y en sus contorneadas piernas. ¡Paige tenía unas piernas estupendas! Tuvo que reconocer que la maravillosa figura de ella había captado su atención desde el momento en el que la había visto por primera vez. Había ignorado la llamada de su libido, ya que había tenido una agenda muy apretada por delante… y porque jamás mezclaba el placer con los negocios.

Por primera vez tuvo que reconocer que su hermano había tenido un gusto excelente. Pero él siempre había tenido aversión ante las novias de Brent, aversión que había comenzado en el instituto cuando éste había disfrutado jugando con sus chicas para demostrar que podía engañarlas y lograr que se metieran en la cama con él.

Aquellas actuaciones de Brent habían echado a perder innumerables relaciones de Trent; ninguna mujer que no fuera capaz de percibir las diferencias entre su hermano y él merecía su tiempo.

Aquellos recuerdos le dejaron un mal sabor de

boca, pero si quería evitar un desastre al impedir que Paige descubriera el engaño de su hermano, tenía que encontrar la manera de sacarla del hotel antes del siguiente fin de semana.

—Paige —la llamó, comenzando a andar tras ella.

Pero Paige no se detuvo. O no lo había oído o había decidido ignorarlo. Dio la vuelta a una esquina y Trent la siguió. Al ver el casino, la repugnancia se apoderó de él. Se dijo a sí mismo que si ella entraba en aquel lugar, iba a tener que dejarla escapar. Debido a la adicción al juego de su padre, una debilidad que podía ser hereditaria, él evitaba los casinos a toda costa… algo que convertía en un reto su asistencia a la convención anual aérea en Las Vegas.

—Paige —volvió a llamarla en un tono de voz más alto.

Ella se dio la vuelta. Tenía los brazos cruzados sobre el pecho y no parecía en absoluto contenta de tener que seguir hablando con él.

—¿Querías algo más?

—Me disculpo por lo grosero que he sido. Permíteme que te compense invitándote a tomar algo.

La expresión de la cara de Paige reflejó el poco interés que tenía en aquella invitación.

—No es necesario. Pero gracias de todas maneras.

—Insisto —dijo Trent, sintiendo su ego herido—. Termino de trabajar esta tarde a las siete.

—Lo siento; tengo otros planes para después del trabajo.

—¿Entonces por qué no comemos juntos mañana?

Ella se puso tensa y miró la salida del hotel. Tenía reflejado en sus expresivos ojos castaños un profundo deseo de escapar de él.

—Trent, no me debes nada.

—Tenemos que hablar sobre lo que ocurrió —respondió él, que tenía que descubrir cuánta gente la había visto con Brent.

Necesitaba saber si las personas que los habían visto juntos se habían creído también el engaño de su hermano o si habían sabido que había sido Brent el acompañante de Paige.

Ella frunció el ceño.

—Lo pasamos bien. Y entonces… dejamos de hacerlo. Preferiría olvidarlo.

Trent pensó que él también preferiría olvidarlo, pero no podía correr el riesgo de que ella atara cabos cuando aparecieran Brent y Luanne en el hotel. Tenía que encontrar la manera de evitar que ocurriera eso. Y el único modo de hacerlo era reuniendo la mayor información posible.

—Insisto. ¿A qué hora tienes un descanso para comer mañana?

Paige tragó saliva. Pareció como si se hubiera tomado algo muy amargo.

—No puedo salir del hotel durante mi turno.

Él sabía que verse con ella en el hotel era arriesgado, pero era un riesgo que tenía que correr. Consideró sus opciones y decidió que la marisquería que había en la planta superior era lo bastante cara como para descartar de su clientela a la mayoría de los asistentes a la convención.

—Voy a reservar una mesa en The Coral Reef.

La cara de Paige reflejó una gran indecisión… sustituida en pocos segundos por resignación, lo que, de nuevo, fue una bofetada al ego de Trent. Él no estaba acostumbrado a tener que trabajar tan duro para conseguir mujeres. Su riqueza siempre las había atraído como moscas.

–Está bien. Vale. Lo que sea. Mañana comemos juntos. Nos vemos arriba al mediodía –contestó ella, dándose la vuelta. Entonces se alejó. Su falta de interés quedó más que clara.

Desde la mesa a la que estaba sentada en la marisquería del hotel, Paige pudo ver cómo Trent Hightower entraba en The Coral Reef como si el lugar fuera suyo.

Recordó que el año anterior no había sido tan arrogante. Era cierto que había tenido mucha confianza en sí mismo, pero al mismo tiempo había sido divertido e insinuante de una manera inofensiva. Pero, en aquel momento, parecía muy serio, como si estuviera en una misión. En realidad, había algo en él que le parecía extremadamente sexy. Se preguntó qué podría haber ocurrido durante los anteriores doce meses para que Trent cambiara tan drásticamente.

Entonces se reprendió a sí misma y se dijo que aquello no era su problema.

Pero, como había pasado toda la vida siendo el salvavidas de sus hermanas, le resultaba difícil renunciar a ese hábito. Su madre decía que ella había nacido para arreglar problemas y que no podía soportar ver a otras personas metidas en un lío.

Al mirarla Trent a los ojos, sintió que se le revolucionaba el corazón. Observó que él le indicaba al camarero que se retirara, tras lo cual se acercó solo a la mesa. Las mujeres que había en el local se quedaron mirándolo según pasaba; sin duda se sentían tan atraídas como ella por su carismática figura. Pensó que los hombres probablemente sentían envidia. Trent tenía un cuerpo que parecía sacado de una revista de fitness. Poseía unos anchos hombros y una cara preciosa.

La actitud de él no era lo único que había cambiado. El año anterior había pensado que era guapo, pero entre ambos no había existido aquella potente atracción que le impactaba cada vez que Trent se le acercaba. Si la hubieran sentido, quizá las cosas habrían marchado de manera distinta y su escarceo con el lado salvaje no habría terminado tan mal…

Tuvo que admitir que la combinación del cambio de actitud de Trent y el cosquilleo que había comenzado a sentir, habían despertado su curiosidad. No había nada que le gustara más que un rompecabezas. Tratar de comprender el cambio que se había operado en él iba a ser más interesante que realizar los crucigramas que hacía cada noche.

Trent se sentó en la silla que había frente a ella, momento en el que pudo percibir el leve aroma de su colonia, que la tentó intensamente. Se preguntó si él había cambiado de colonia…

—¿Cómo va la industria aérea? —preguntó antes de que Trent hubiera desdoblado la servilleta.

—Todavía es rentable a pesar de la crisis. ¿Y qué tal tu trabajo como coordinadora?

—Bien. Soy buena en la gestión de este tipo de eventos, ya que estoy acostumbrada a resolver múltiples problemas simultáneamente.

—Esa es una característica que compartimos —comentó él.

—Probablemente porque ambos hemos trabajado

en la empresa de nuestra familia junto a nuestros hermanos. Pero, a diferencia de entonces, ahora me pagan con un cheque por resolver las catástrofes y no le tengo que prestar a nadie mis pendientes favoritos para lograr que se anime.

La diversión se reflejó en los ojos de Trent.

–¿De qué parte del sur eras?

Paige se preguntó si él había olvidado todo lo que le había contado.

–De Carolina del Sur… de un pueblo muy pequeño que hay junto al lago Marion, entre Charleston y Columbia.

–¿Están todavía allí algunos de tus hermanos?

–Sí, todas. Sólo tengo hermanas. Kelly, la mayor, se marchó durante una época. Pero volvió.

Su hermana había regresado embarazada de dos meses tras el abandono de su amante, lo que provocó innumerables habladurías en el pueblo. Las cosas no fueron fáciles para la pobre Kelly.

En un pueblo pequeño, los chismes divertían a mucha gente… algo que ella misma había aprendido de primera mano cuando David la había abandonado tras siete años de noviazgo. Incluso había decidido huir a Las Vegas para evitar que los rumores le hicieran más daño.

–¿Y el resto? –insistió Trent.

–Jessica y Ashley viven cerca de mis padres y veremos dónde termina Sammie cuando se gradúe en la universidad en junio. Pero me parece que va a dar clases en la misma escuela a la que fuimos las cinco. Parece que a los McCauley nos gusta estar cerca los unos de los otros. ¿Siguen tus hermanos trabajando para la empresa familiar?

–La mayoría, sí –contestó Trent, tenso.

–¿La mayoría? Me dijiste que tenías un hermano más joven que tú y dos hermanas. ¿Cuál de ellos ha dejado la empresa?

–Mi nueva hermana –respondió él, esbozando una dura expresión.

–¿Tu nueva hermana? –preguntó Paige–. Vas a tener que explicarte.

–Debes de ser la única persona del país que no se ha enterado de la historia que salió publicada en todos los periódicos sensacionalistas. ¿Has decidido lo que te gustaría comer?

–Sé lo que voy a pedir –contestó ella, pensando que Trent no iba a distraerla tan fácilmente–. ¿Tu familia sale en los periódicos sensacionalistas? Yo no los leo. ¿Qué ocurrió?

La resignación se reflejó entonces en la cara de él, que frunció el ceño a continuación.

–Hace unos pocos meses, mi madre nos presentó a Lauren, una hija a la que renunció hace veinticinco años. Lauren trabajó como piloto para nosotros durante un tiempo, pero recientemente ha regresado a Florida para hacerse cargo de la compañía de vuelos chárter de su padre. Está prometida con mi mejor amigo –explicó con la tensión reflejada en la voz.

–No pareces muy contento al respecto, ¿no es así?

–Lauren es una excelente piloto y trabaja muy duro. Ha hecho feliz a Gage.

–¿Pero…?

–No me gustan las sorpresas.

–¿Has tenido muchas este año? –quiso saber Paige.

–Unas cuantas –contestó Trent, abriendo la carta que tenía delante.

Ella pensó que aquello podría haber contribuido al cambio de comportamiento de él.

–¿Algo interesante?

–No –respondió Trent, que no quería continuar con el asunto–. ¿Te gustaría tomar un vaso de vino?

–No puedo. Estoy trabajando. Pero la bodega del hotel es de primera, por lo que te sugiero que pruebes alguno de sus vinos –dijo Paige, pensando que, si tenía suerte, tal vez el vino le soltara la lengua a su acompañante.

El camarero se acercó a la mesa, dejó en ésta una cesta con pan, les tomó nota y se alejó. Ella se percató de que Trent no había pedido alcohol.

–¿A qué se dedicaba Hightower Aviation? –preguntó. En realidad, se acordaba perfectamente, pero no quería que él pensara que le había dado mucha importancia a la noche que habían pasado juntos.

Después de que David la hubiera abandonado, se había jurado a sí misma que desde aquel momento en adelante sólo mantendría relaciones pasajeras con los hombres. No pretendía emplear su tiempo ni involucrar su corazón en ningún tipo para que éste la echara a un lado cuando le surgiera algo más interesante.

Haber conocido a Trent, un perfecto y atractivo desconocido, en uno de los bares del Lagoon, había parecido su destino. Se había convencido a sí misma de que estaba preparada para dar el primer paso de su nuevo plan y, por ello, había permitido que él la persuadiera de subir a su suite. Pero cuando, con todas sus ilusiones hechas pedazos, se había despedido de él horas después, había decidido que la emocionantemente romántica y placentera vida sexual que había esperado encontrar tal vez no merecía la pena debido al esfuerzo y la vergüenza que implicaba.

–Hightower Aviation Management Corporation vende, alquila y aporta el mantenimiento de más de seiscientos aviones por todo el mundo para viajes de negocios y privados, así como para uso de celebridades y dignatarios políticos. Tenemos cuatro centros operativos y ofrecemos nuestros servicios en ciento cincuenta países. Nuestros cuatro mil pilotos son los más cualificados de la industria aérea.

Paige pensó que el orgullo que reflejaba la voz de Trent al explicarle todo aquello era algo completamente nuevo. O tal vez ella no se había dado cuenta de ello, aunque lo dudaba. Ser la mediana de cinco hermanas significaba que había aprendido a descifrar a las personas a la perfección. Y a recordar detalles.

–¿Eres el jefe?

–Soy el director de la empresa, así como el vicepresidente de la junta directiva.

–Fuiste el conferenciante que abrió la convención –comentó ella, tomando un panecillo de la cesta–. Supongo que eso te convierte en un experto en la industria, ¿no es así?

–HAMC es una empresa muy importante. Cuando estás a cuarenta mil pies de altura, no pueden cometerse errores. Si otras compañías eligen emularnos, es decisión suya. Incluso añadiría que es una decisión inteligente. Somos los mejores en lo que hacemos –aseguró él, sonriendo.

Pero, a continuación, su sonrisa se desvaneció y frunció el ceño.

–Aunque podríamos ser mejores.

Paige recordaba muy claramente que con anterioridad, Trent no se había referido a su empresa como «nosotros». Siempre había dicho «mi» empresa o «mi» trabajo. Había tenido la misma actitud que su hermana mayor, la cual, como princesa de la familia y la primera McCauley en graduarse en la universidad, siempre había estado muy centrada en sí misma… hasta que la habían abandonado y se había visto forzada a regresar a su casa para pedir ayuda.

Se preguntó a sí misma qué habría provocado que él pasara de considerarse el centro de HAMC a sólo una parte de la empresa. Pensó que quizá habían sido las sorpresas que había mencionado.

Deseando que Trent volviera a sonreír de nuevo, ladeó la cabeza y lo estudió detenidamente. Entonces se percató de que también había algo diferente en la sonrisa de él. Seguía teniendo la misma sensual boca y perfecta dentadura, pero había algo…

—Háblame de lo que te ha ocurrido este año, aparte de la aparición de tu nueva hermana.

—Ha sido productivo –contestó Trent–. ¿Y el tuyo?

Frustrada, ella sintió ganas de gruñir. Sacarle información a la gente era su especialidad, pero él era un hueso duro de roer.

—He pasado la mayor parte de los últimos catorce meses aprendiendo mi trabajo y adquiriendo poco a poco más responsabilidad –respondió.

—Parece que necesitas unas vacaciones.

Paige iba a haber tenido vacaciones justo después de la convención, pero había solicitado más trabajo para evitar tener que ir a casa de su familia. Había sido una cobarde.

—Todos las necesitamos –dijo, encogiéndose de hombros.

–Mi avión privado está en el aeropuerto sin ningún uso. Puedo prestártelo durante la duración de la convención. Todo lo que tienes que hacer es elegir un destino, o una serie de ellos, y hacer las maletas. En pocas horas podrías estar tumbada en una playa leyendo un libro o en las montañas practicando esquí.

Ella se rió ante aquello. Pero enseguida se percató de la seria expresión que tenía él reflejada en la cara.

–Estás de broma, ¿verdad?

–Mi avión y el personal a mi servicio están a tu disposición.

–Trent, por muy generosa y tentadora que sea tu oferta, ahora mismo no puedo marcharme. He puesto mucho esfuerzo en esta convención, que es el primer acontecimiento que mi jefe me ha permitido manejar sola. Si lo estropeo, mi trabajo podría estar en peligro.

–¿Te gusta vivir en Las Vegas lo bastante como para querer mantener el trabajo?

Paige pensó que aquélla era una pregunta un poco extraña.

–¿Mi trabajo? Desde luego.

Tal vez Las Vegas no fuera tan socialmente animada como había esperado, pero su carrera profesional era mucho más estimulante que estar detrás de la caja registradora en la ferretería de sus padres. Y no había ido a la universidad durante cuatro años para trabajar en un pequeño hotel como el que había en Charleston. Siempre había querido trabajar en una gran ciudad… pero también había esperado hacerlo con David a su lado.

Cuando les sirvieron los cócteles de marisco, tomó un langostino y se lo llevó a la boca.

–Me gusta Las Vegas aunque, en realidad, no he visto mucho de la ciudad. Mis hermanas no dejan de amenazarme con una visita y realmente debería ir a alguno de los puntos turísticos para saber dónde llevarlas si alguna vez logran sincronizar sus agendas. Pero, hasta el momento, la única lista de atracciones que tengo es la de las montañas rusas en las que pretendo montarme… si alguna vez encuentro el momento.

Trent la miró fijamente a los ojos y se puso tenso.

–¿Montañas rusas?

Sintiéndose un poco avergonzada por su obsesión, ella frunció el ceño.

–Soy una adicta. Me encantan.

–A mí también –confesó él, apoyándose en el respaldo de la silla–. O, por lo menos, solían encantarme. No he montado en ninguna desde la universidad.

Paige no pudo imaginarse a Trent montado en una de aquellas atracciones y gritando.

–¿Por qué no has vuelto a montarte?

Él vaciló y pareció reflexionar sobre su respuesta.

–Dirigir una empresa tan grande como HAMC no deja mucho tiempo libre.

Ella se percató de otro cambio más en la personalidad de Trent. Todo trabajo y nada de diversión parecía ser el nuevo lema de él.

–Pues ahora tienes una oportunidad. Hay más o menos veinte montañas rusas en Las Vegas. Vas a estar aquí durante… ¿cuánto? ¿Una semana? ¿Diez días? La convención no puede ocupar todo tu tiempo. Deberías montarte en varias… a no ser que seas un cobardica como mis hermanas, las cuales tienen demasiado miedo de montar incluso en las más pequeñas.

Él se quedó impresionado ante la burla de Paige y el brillo de la competición se reflejó en sus ojos.

–¿En cuántas has montado tú?

–Todavía en ninguna –admitió ella, esbozando una mueca.

–¿Por qué?

–Montar sola no es divertido. Solía montar con mi padre. El amor por las montañas rusas era la única cosa que compartía conmigo.

–Invítale a que venga a hacerte una visita.

–No dejará su ferretería durante más de un día o dos como máximo y, con las compañías aéreas... simplemente no funcionaría.

–Mi oferta de dejarte mi avión sigue en pie. Permíteme que ordene que mi piloto vaya a por tu padre el próximo fin de semana. Así él tendrá tiempo para organizar que otra persona lo sustituya en la ferretería. Seguro que puedes tomarte un par de días libres para enseñarle la ciudad.

–Gracias, pero no –respondió Paige–. Las Navidades están demasiado cerca y mi padre no se atrevería a marcharse. La gente compra muchas herramientas durante las vacaciones. Y, como ya te he dicho, yo no puedo tomarme tiempo libre hasta después de la convención. Pero, volviendo al tema de las montañas rusas... te reto.

–¿Perdona? –contestó Trent con la sorpresa reflejada en la cara.

–Ya me has oído. Y, como tienes hermanos, seguro que sabes lo que es un desafío.

Él se echó hacia delante y apoyó las manos en la mesa, donde entrelazó los dedos.

–Explícate.

Ella deseó poder olvidar que aquellas manos la habían acariciado pero, con sólo mirarle los dedos, se le hizo la boca agua y se le revolucionó el pulso. El año anterior, cuando había necesitado con desesperación que Trent le hiciera sentirse femenina y deseada, él había fallado. Le pareció curioso el hecho de que, en aquel momento en el que no quería tener nada que ver con él, estuviera alterándola por completo.

Apartó la mirada de aquellas manos y se obligó a mirarlo a los ojos.

–Trent, lo que he querido decir es que hablar es muy fácil. Te reto a que disfrutes de algunas montañas rusas mientras estás en la ciudad.

Él esbozó una fría sonrisa depredadora mientras miraba fijamente a Paige.

–Lo haré, pero con una condición.

–¿Cuál? –preguntó ella, consciente de que iba a arrepentirse de haberlo preguntado.

–Que montes conmigo. A no ser que seas una cobarde.

Paige sabía que se había buscado aquello, pero nunca había rechazado un reto. Pensó que aquella situación tenía un aspecto positivo; al salir con Trent, tendría la oportunidad de ver realmente algunos de los lugares de los que les había hablado a sus hermanas.

El aspecto negativo…

Respiró profundamente y se dijo a sí misma que no había ningún aspecto negativo. Una cita en un lugar público no era gran cosa y no tenía nada que perder. Lo peor ya había ocurrido. Trent la había llevado a la cama y se había quedado tan decepcionado que no había sido capaz de tener una erección. No era tan tonta como para repetir aquella experiencia.

–Hablar es muy fácil –dijo él, repitiendo lo que había dicho ella.

–Supongo que tenemos una cita para montar en una montaña rusa.

–Elige el momento y el lugar. Veremos quién pide clemencia primero.

Capítulo Tres

Los pantalones vaqueros nuevos de Trent eran muy incómodos. Y su conciencia no se encontraba en mejor estado mientras esperaba a Paige en la puerta del parque de atracciones del Hotel Circus Circus.

Le pesaba la conciencia debido a lo deshonesto que había sido. No podía ser otra cosa. Lo que estaba haciendo no era distinto a las travesuras infantiles de su hermano. No importaba que estuviera intentando salvar el matrimonio de Brent y la reputación de HAMC. Por muy buenas que fueran sus intenciones, estaba mintiendo a Paige.

Durante la comida que había compartido con ella, había tenido que tener mucho cuidado con lo que decía, ya que no había sabido lo que su hermano y Paige habían hablado entre sí. No quería contradecir nada de lo que hubiera podido decir Brent, pero necesitaba descubrir cuanto pudiera sobre la relación que habían mantenido... para después romper con ella sin repercusiones negativas para su hermano ni para HAMC.

No había podido ofrecerse a ir a buscarla porque no sabía si su hermano conocía dónde vivía. Y no había podido preguntarle a Brent, ya que, el muy tonto, todavía tenía el teléfono desconectado.

Incómodo al percatarse de las valiosas horas de trabajo que estaba perdiendo, trató de colocar los pies en una posición distinta para que no le molestaran los zapatos nuevos que llevaba, que eran un recordatorio más del coste de las mentiras de Brent. Había tenido que comprar ropa de sport en la boutique del hotel aquella misma tarde, ya que nunca se permitía disfrutar de tiempo libre en las convenciones, por lo que no había llevado otra cosa que no fueran trajes de chaqueta.

Miró hacia la acera y observó que Paige se acercaba a él. Eran las seis de la tarde. Corría una ligera brisa que alborotó el largo pelo de ella, que se había cambiado el vestido que llevaba por la mañana y se había puesto unos pantalones vaqueros. Llevaba una chaqueta cerrada hasta el cuello para protegerse del frío de la tarde. Al verla más de cerca, se le aceleró el corazón y pensó que comprendía por qué su hermano se había sentido tentado.

Cuando Paige lo vio, disminuyó el ritmo al que estaba andando. Pero, a continuación, levantó la barbilla y se dirigió hacia él con determinación.

Al tenerla delante por fin, Trent sintió unas enormes ganas de darle un beso en los labios y se preguntó si Brent la habría saludado de aquella manera. Aquello le impresionó mucho, ya que normalmente aborrecía a las mujeres con las que había estado su hermano. Pero lo que estaba sintiendo por Paige era un inconfundible deseo.

–Había pensado que ibas a echarte atrás –comentó entonces ella.

–No soy yo el que ha estado viviendo aquí durante más de un año y siempre ha encontrado excusas para no montar. Esperaba que no te presentaras a la cita –respondió él.

–Veremos quién grita primero y más fuerte –se burló Paige.

Trent se sacó entonces del bolsillo las pulseras que servían de entrada para el parque.

–No seré yo, ojitos castaños. He comprado unas entradas con las que podemos montarnos en las atracciones cuantas veces queramos. Voy a quedarme aquí hasta que cierren el parque y me echen. Tú puedes marcharte cuando hayas tenido bastante.

–Te apuesto lo que quieras a que no vas a durar tanto tiempo –contestó ella, esbozando una pícara sonrisa.

–Perderías la apuesta. Dame tu brazo.

Paige le ofreció el brazo derecho. Él le agarró la mano y le echó para arriba la manga de la chaqueta. Pudo observar la pálida piel del brazo de ella y tuvo que contenerse para no acariciarle las venas para comprobar su suavidad. No pudo comprender cómo comenzó a sentir un familiar cosquilleo tras su braqueta con sólo aquello…

Se apresuró a ponerle la pulsera con unas manos no tan firmes como le hubiera gustado, tras lo cual intentó ponerse la suya. Pero abrocharse a sí mismo aquella pulsera no resultó ser tan fácil como parecía.

–Permíteme –dijo ella, tomándole el brazo para ayudarlo. Entonces le abrochó la pulsera–. Ya podemos entrar –añadió con voz entrecortada.

Trent la miró a la cara y se percató de que estaba ruborizada, así como de que tenía las pupilas dilatadas. Al darse cuenta de que Paige estaba tan afectada por aquel contacto físico como él, sintió un nudo en la garganta y unas enormes ganas de borrarle de la mente los recuerdos que tuviera de su hermano. La idea de entrelazar los dedos en el precioso pelo liso de aquella mujer y de acercarla hacia sí para besarla, se apoderó de su mente.

–¿Prefieres cenar primero o montar en alguna de las montañas rusas? –le preguntó, intentando pensar en otra cosa que no fuera en satisfacer su deseo.

–Montar en alguna montaña rusa –contestó ella–. Podemos cenar después, siempre y cuando tu estómago pueda soportarlo.

Aquella burla provocó que Trent no pudiera evitar reírse. Pensó que Paige era muy divertida.

–Mi estómago no es el problema –aseguró–. ¿Quieres comenzar con la atracción principal o prefieres algo más pequeño?

–Estoy preparada para el Canyon Blaster, pero si tú tienes que reunir valor, primero podemos montarnos en las otras que hay.

Él pensó que no quería que ella le cayera bien. No quería que le gustara. Sólo deseaba hacerle anhelar no haberlo conocido nunca. De aquella manera, cuando llegaran Brent y Luanne a Las Vegas, Paige simplemente los evitaría. Pero todavía no sabía cómo conseguirlo.

Se dio la vuelta y se dirigió hacia el parque de atracciones del hotel. Una vez que estuvieron dentro del Adventure Dome, Paige analizó el lugar con la mirada, completamente emocionada. Cuando vio un mapa, se detuvo para leerlo y, a continuación, se dirigió a toda prisa a la montaña rusa principal. Trent la siguió, incapaz de apartar la vista de su trasero.

–Vamos –gritó ella por encima de su hombro.

Él la alcanzó y continuó andando a su lado hasta que llegaron a la pequeña cola que había que guardar para montar en la atracción. Paige comenzó a dar pequeños brinquitos mientras esperaban y Trent se sintió contagiado por su entusiasmo.

Durante los anteriores trece años, él había estado demasiado ocupado tratando de sacar a HAMC de la crisis en la que su padre había sumergido a la empresa. Le pareció extraño estar allí divirtiéndose junto a aquella, en realidad, desconocida.

Observó la trayectoria de la montaña rusa, que se parecía al caos que había imperado en la vida de los Hightower durante los anteriores doce meses. Ni siquiera el excelente equipo de relaciones públicas de HAMC había sido capaz de lograr que se interpretara de manera positiva la aparición de la hija secreta de su madre, ni el hecho de que una de sus hermanas hubiera sido inseminada con el esperma equivocado en una importante clínica de fertilidad. Afortunadamente, su hermanastra era muy agradable y la situación de su embarazada hermana se había resuelto felizmente. Ésta se había casado el mes anterior con el padre biológico de su bebé.

—Pareces ansioso —comentó Paige—. ¿Tienes miedo?

—Estaba preguntándome si voy a tener que sujetarte la mano o la frente.

—No seré yo la que se ponga enferma.

La cola comenzó a avanzar, pero ella le agarró el codo para mantenerlo atrás y permitir que tres parejas pasaran delante de ellos. Trent reconoció la táctica. Paige estaba esperando la siguiente tanda; quería que se sentaran en el primer coche del tren. Él mismo había hecho aquello en incontables ocasiones.

Cuando la puerta de la atracción se abrió, ella lo

tomó por la manga de la camisa para impulsarle a andar hacia el primer coche… el que garantizaba ofrecer las sensaciones más intensas. Paige se sentó primero en el coche y él la siguió. El poco espacio que allí había le forzó a estar en estrecho contacto físico con ella; tenía el hombro y el muslo pegados a los suyos. Se le aceleró el corazón y sintió que un cosquilleo le recorría las venas. Entonces los responsables de la atracción bajaron la barrera de seguridad y no le quedó posibilidad de escape.

Recordó que su padre era un adicto a la adrenalina que le ofrecía volar y jugar a las máquinas. Cuando éste le había hablado de ello, él le había comprendido perfectamente. Volar le había hecho sentir el mismo tipo de adrenalina en numerosas ocasiones. Pero los Hightower no podían tener a otro adicto en la familia y, teniendo en cuenta que él se parecía bastante a su padre en muchas cosas, no podía permitirse el riesgo de descubrir que tenía la misma falta de autocontrol que éste.

Al sentir que Paige se movía, de nuevo volvió a recorrerle un cosquilleo por el cuerpo. Entonces ella lo miró y esbozó una gran sonrisa.

—Espero que no te pongas muy nervioso.

El coche comenzó a moverse antes de que él pudiera contestar. Un brusco giro de noventa grados lanzó a Paige contra su cuerpo. El calor que desprendía ésta le penetró por la ropa y le quemó los huesos. La excitación le golpeó de la misma manera.

Con cada movimiento del coche, los cuerpos de ambos quedaban presionados el uno contra el otro… y aquel contacto era definitivamente algo demasiado parecido al sexo…

Repentinamente sintió que el coche se detenía y no pudo creerse que el trayecto hubiera terminado. ¡No se había dado cuenta! Y le impresionó percatarse de que había sido por Paige.

Había montado en muchas montañas rusas a lo largo de su vida. Junto con volar, éstas habían supuesto su pasatiempo favorito. Pero jamás había estado tan centrado en su acompañante como para no percatarse de la emoción de la atracción. Hasta aquel momento.

Sorprendido, se giró para mirar a Paige. Ella tenía los ojos brillantes, las mejillas sonrosadas y estaba esbozando una gran sonrisa. Sintió de nuevo un intenso deseo de besarla.

Tratando de quitarse aquel pensamiento de la cabeza, respiró profundamente. Pero lo único que consiguió fue sentirse embargado por la dulce fragancia de ella.

–Vamos a montar otra vez –sugirió Paige, emocionada–. Pero en esta ocasión en el último coche –añadió, bajándose del coche a toda prisa.

Trastornado por su reacción visceral ante una mujer a la que pretendía engañar, él se quedó inmóvil.

–Vamos, Trent –insistió ella, tomándolo de la mano.

Al sentir los delicados dedos de Paige sobre su mano, él no pudo evitar que un estremecimiento le recorriera el cuerpo. Se levantó y, por primera vez en su vida, permitió que una mujer lo guiara.

Se percató de que su plan estaba teniendo ciertos problemas. La adicción a la adrenalina ya no era todo por lo que debía preocuparse. Evitar acostarse con la mujer con la que su hermano había tenido una aventura se había convertido en su prioridad.

***

A Paige siempre le habían encantado los parques de atracciones. Pero, antes de aquella tarde, jamás habían supuesto una experiencia excitante.

Se detuvo en la iluminada acera que había delante del Adventure Dome y se giró hacia el responsable de toda aquella excitación. Trent.

—Me has dejado impresionada. Te has quedado hasta que han cerrado.

—Te dije que lo haría.

El corto pelo rubio rojizo de él estaba ligeramente alborotado por la brisa. Vestido con un polo negro, pantalones vaqueros y una chaqueta de cuero marrón, estaba demasiado sexy como para describirlo.

—Me alegra que finalmente te relajaras. Hubo un momento en el que pensé que iba a tener que echarte licor en la garganta para que disfrutaras de las atracciones.

Trent, que efectivamente había estado más de una hora muy tenso, miró a Paige fijamente.

Ella había deseado que las horas que pasaran juntos disiparan o, al menos, le hicieran comprender la abrumadora atracción que sentía por él. Pero no había sido así, sino que estaba más confundida que nunca. Se preguntó si quizá, sólo quizá, había reconocido a un alma gemela al haber permitido que Trent la llevara a su suite la noche que se habían conocido.

Pero se dijo a sí misma que si ése era el caso, por qué aquella noche había terminado siendo un desastre tan vergonzoso. Se planteó si el problema habría sido de él o suyo.

Había tanta gente en la calle, que poco a poco tuvo que acercarse cada vez más a Trent… hasta que sólo les separaron unos escasos centímetros. Se sintió muy aturdida y recordó que, durante las atracciones en las que se habían montado, no había sabido si su falta de aliento y la manera en la que se le había revolucionado el corazón habían sido debidas a la atracción en sí o a la tentadora presencia de él a su lado.

Tenía una cosa clara; el efecto de que su cuerpo rozara el de Trent no se parecía en nada a cuando había rozado el de David, quien sólo había tolerado montar en montañas rusas por ella.

Aturdida, comprobó la hora en su reloj de pulsera.

—¡Es medianoche! No puedo creer que se nos haya hecho tan tarde. Tengo que marcharme, ya que mañana trabajo.

—Me he divertido —comentó Trent, sorprendido ante su confesión.

En ese momento, ambos se miraron a los ojos y Paige sintió que se quedaba sin aliento.

—Yo también —respondió, diciéndose a sí misma que debía despedirse en aquel momento.

Pero no podía hacerlo. Pensó que tal vez estuviera loca, pero no podía finalizar tan fácilmente la que probablemente había sido la tarde más divertida de la que había disfrutado desde que había llegado a Las Vegas.

—¿Quieres que te lleve al hotel?

—No quiero que te molestes. Tomaré un taxi —contestó Trent.

—Paso junto al Lagoon de camino a casa —insistió ella.

—Entonces… gracias. Acepto tu oferta —dijo él, si-

43

guiendo a Paige hasta el aparcamiento, donde pudo ver que un Cadillac aparecía por detrás de una esquina. Para esquivarlo, tomó a su acompañante por el brazo y la acercó a su musculoso cuerpo.

Incluso después de haber disfrutado durante horas de un contacto parecido en las atracciones, la fuerza que desprendía Trent, así como la mezcla de la fragancia de su colonia y del olor a cuero de su chaqueta, embargaron a Paige y le hicieron sentir un profundo e intenso deseo, un deseo que nunca antes había experimentado. Ni siquiera cuando había estado desnuda delante de él… Giró la cabeza y lo miró fijamente a los ojos. Ambos se quedaron allí de pie paralizados y ella tardó varios segundos en reaccionar. Al hacerlo, se apresuró a continuar dirigiéndose a su vehículo.

–¿Estás bien? –le preguntó Trent.

–Desde luego –contestó ella. Pero, al intentar abrir su jeep, se le cayeron las llaves de los temblorosos dedos.

Él se agachó, tomó las llaves y abrió el coche. Paige entró entonces en el vehículo y trató de calmarse mientras Trent daba la vuelta al jeep para sentarse en el asiento del acompañante. Pero el interior del coche parecía incluso más apretado e íntimo que los asientos de las atracciones que habían compartido, por lo que fue muy consciente de la inquietante presencia de él a su lado…

Trent le ofreció las llaves y ella las tomó con mucho cuidado de no tocarlo. Entonces arrancó el vehículo. Afortunadamente, el tráfico no estaba muy mal a aquella hora de la noche, ya que, si no, habría chocado contra otro coche. No podía concentrarse. En vez de mirar a la carretera, no podía dejar de mirar a Trent y la corta distancia hasta el hotel pasó demasiado deprisa. Aparcó frente a la puerta principal, preparada para que él se bajara y continuar hasta su apartamento.

Trent se giró en el asiento. La miró a la cara y el silencio que se había apoderado del ambiente se hizo muy tenso.

Paige se preguntó a sí misma si iba a darle un beso de buenas noches. Estaba deseando que lo hiciera.

Impresionada, se apoyó en la puerta del conductor y pensó que debía de haber perdido la cabeza. No comprendió cómo podía sentirse atraída por un hombre que la había rechazado de la manera más básica y humillante. Se planteó si estaba tan desesperada por tener una cita como para arriesgarse a ser rechazada por segunda vez…

–Cena conmigo.

Ella no se percató de que había estado mirándole la boca hasta que sus labios se movieron. La invitación de Trent provocó que le diera un vuelco el estómago. Angustiada ante el dilema de ser inteligente y marcharse o de cometer el error de quedarse con él, se forzó a mirarlo a los ojos y negó con la cabeza.

–Es tarde. Debería marcharme.

–Tenemos que planear nuestra próxima salida… a no ser que ya no puedas soportar montar en más atracciones –insistió Trent con el desafío reflejado en los ojos.

El sentido competitivo de Paige afloró a pesar de la voz de su conciencia.

–¿Nuestra próxima salida?

–Dijiste que había casi veinte montañas rusas en

Las Vegas. No creerás que vas a librarte con sólo haberme llevado a un parque de atracciones, ¿verdad?

La sonrisita que esbozó él dejó completamente cautivada a Paige.

–Supongo que no –contestó–. Tal vez pueda entrar para comer algo.

Entonces llevó el coche al aparcamiento del hotel, donde aparcó. Ambos bajaron del vehículo. El mozo se acercó para darle un tique, tras lo cual, Trent le puso una mano en la espalda para guiarla dentro del hotel. Ella se sintió levemente aturdida y quiso convencerse de que era debido a que no había comido desde hacía mucho.

Pero, de inmediato, fue consciente de que estaba engañándose a sí misma. Supo que aquello sería lo que su hermana Jessie le diría. Jessie había sido una rompecorazones y ella había querido parecerse a su hermana cuando había decidido cambiar de estilo de vida antes de trasladarse a vivir a Las Vegas. Incluso había acudido al peluquero de Jessie para que le hiciera mechas y avivar el apagado tono rubio de su pelo…

Trent la guió a través del lujoso y casi vacío vestíbulo del hotel. A aquella hora de la noche, la mayoría de los clientes estarían en sus camas, en algún espectáculo o en el casino. La cafetería de la planta principal ya había cerrado.

–¿Dónde te apetece cenar? –preguntó él.

La aturullada mente de Paige no fue capaz de recordar los nombres de los restaurantes que veía todos los días en el trabajo.

–Podemos ir al lugar donde nos conocimos. Dijiste que, de los bares del hotel, era tu favorito.

—Después de ti —respondió Trent, indicándole con la mano que guiara el camino.

Con cada paso que daba hacia el Blue Grotto, ella sintió que se le aceleraba cada vez más el corazón y que tenía la boca cada vez más seca. Pero decidió que la historia no iba a repetirse. Aquella noche no iba a terminar de la misma manera en la que había terminado la del año anterior… en humillación. No iba a permitir que ocurriera.

Pero una fastidiosa voz interior le dijo que tal vez, sólo tal vez, aquella loca química que había entre ambos no había existido con anterioridad porque, por aquel entonces, hacía poco tiempo que David había roto con ella. Quizá todavía había estado dolida tres meses después de la ruptura. Lo que tenía claro era que aquel año se sentía diferente…

Pero todo aquello no explicaba… la falta de interés que había tenido Trent el año anterior. No sabía si había sido un problema físico por su parte o que no la había encontrado deseable.

Estaba tan ensimismada que casi pasó de largo por delante de la puerta del bar. Tuvo que darse la vuelta apresuradamente. Tras dar un par de pasos hacia la entrada del local, se percató de que Trent no la había seguido. Éste había continuado andando y parecía tener puesta toda su atención en un grupo de hombres de negocios que salía del Black Pearl Cigar Bar. Entonces miró para atrás y se apresuró a regresar junto a ella.

Paige sintió que un escalofrío le recorría el cuerpo. Se preguntó a sí misma si la confusión de él se debía a que también había estado ensimismado o si, tal vez, se había olvidado del lugar donde se habían conocido… de la misma manera en la que parecía haber olvidado todo lo relacionado con ella.

–¿Recuerdas algo de aquella noche, Trent? –le preguntó.

La precavida expresión de la cara de él reflejó lo nervioso que aquella pregunta le había puesto.

–Lo siento. Estaba soportando mucha presión debido al trabajo. No recuerdo mucho de lo que ocurrió durante aquella convención.

Paige sintió que el enfado le recorría el cuerpo. De nuevo, se sintió olvidada… de la misma manera en la que David la había olvidado cuando le habían ofrecido un emocionante trabajo en Manhattan.

Trent la tomó por los brazos y ella pudo sentir que su traicionero pulso se le revolucionaba.

–Paige, eres una mujer preciosa que se merece algo mejor. Permíteme recompensarte –pidió él.

Ella se percató de que, en aquel momento, Trent había sido tan encantador como cuando la había engatusado el año anterior.

Pensó que había momentos en la vida de una mujer en los que ésta simplemente tenía que demostrar algo. Y la situación en la que se encontraba en aquel momento requería que actuara y que le enseñara a Trent Hightower que no podía utilizar y deshacerse de las mujeres de la manera en la que lo había hecho con ella.

Si la mayoría de los hombres fuera como su devoto y fiel padre, en vez de unos desleales y volubles canallas que se aprovechaban de las mujeres para después abandonarlas, se olvidaría de todo aquello y se alejaría de allí. Pero ése no era el caso. Había visto aquella misma situación repetirse una y otra vez a través de sus hermanas. Ella misma había sido el hombro en el que

Kelly, Jessie, Ashley y Sammie habían llorado tras haber sufrido numerosos y duros desengaños amorosos.

Los hombres eran unos estúpidos porque las mujeres les permitían salirse con la suya. Y, aunque sabía que no podía salvar al mundo de todos los tipos egoístas que existían, podía darle una lección al que tenía delante. Pensó que podía utilizar a Trent para ver algunos lugares de Las Vegas y así convertir en verdad las pequeñas mentiras que le había contado a su familia. Asimismo, podía flirtear con él con el beneficio de la química sexual que existía aquel año entre ambos. Y entonces… se despediría sin ningún arrepentimiento.

Pero tenía que ser inteligente; no funcionaría el lanzarse repentinamente a los brazos de Trent. Éste ya había dicho que su encuentro previo no se repetiría. Pero ella no era estúpida; sabía cuándo un hombre la deseaba y Trent definitivamente lo hacía.

Se dio cuenta de que nunca antes había necesitado tanto el consejo de sus hermanas como lo necesitaba en aquel momento. Pero, gracias a su estúpido orgullo y a todo lo que había hecho para protegerlo, no podía pedir ayuda.

En realidad, sólo había tenido un amante durante el instituto y la universidad. David. Debido a ello, nunca había aprendido el arte o la habilidad de pescar a un hombre. Sus hermanas lo sabían todo al respecto. Pero ella iba a tener que descubrirlo sola.

Necesitaba un plan… un plan para seducir a Trent Hightower. Decidió que no sólo iba a hacerle recordar cada segundo de la noche que habían compartido el año anterior, sino que también iba a conseguir que se arrepintiera de haberse marchado sin volver a pensar en ella.

Capítulo Cuatro

Paige miró su reloj.

—Pensándolo bien, es tarde y debería marcharme.

Confuso, Trent intentó buscar la manera de salvar la situación. Se había quedado tan ensimismado al haber visto a uno de sus rivales salir de un bar con un grupo de colegas, que no se había percatado de que Paige había girado a la derecha para entrar en otro de los bares que había en el entresuelo.

—¿Qué te parece si quedamos ya para ir de nuevo a un parque de atracciones?

—Podemos hacerlo en otro momento. Ninguno de los dos va a salir de la ciudad en un par de días.

Él se sintió muy aliviado. Se habría merecido el que ella le hubiera mandado al infierno. Pero no le agradó que Paige hubiera utilizado la misma excusa que él solía utilizar.

Como necesitaba una copa, miró el bar que había detrás de ella, pero decidió que no era buena idea intentar convencerla de que se quedara. No podía permitirse beber y bajar la guardia. Tenía un trabajo que hacer; encontrar el punto débil de Paige y explotarlo hasta obtener el resultado que quería.

Le pesó la conciencia, pero lo ignoró. La estrategia que iba a utilizar era la misma que utilizaba con sus oponentes en los negocios.

En ese momento sintió que alguien le ponía una mano en el hombro. Al girarse, comprobó que era Donnie Richards. El malnacido al cual había intentado evitar.

–Hightower, me alegra verte de nuevo. Preséntame a tu encantadora acompañante.

Trent apretó los dientes y se obligó a controlarse para no mandar a aquel estúpido al infierno. Se dio cuenta de que, afortunadamente, Donnie no conocía a Paige, lo que significaba que, muy probablemente, no la había visto con Brent. Tenía delante de sí la perfecta oportunidad para deshacerse de ella. Donnie siempre había querido todo lo que él había poseído. Territorio, empleados, clientes y mujeres. Si emparejaba a Paige con aquel perdedor…

Sintió una gran repulsión y se percató de que había límites en lo que estaba dispuesto a hacer. Ninguna mujer se merecía un castigo como Donnie, de quien él no se fiaba en absoluto.

–Paige, Donnie. Donnie, Paige –les presentó entonces, omitiendo deliberadamente el apellido de ella. No quería darle a aquel desecho humano la posibilidad de poder encontrarla en otra ocasión.

–No te vi en la recepción de los vendedores de esta noche –comentó Donnie sin quitarle a Paige la vista de encima.

Trent apretó los dientes al pensar en las oportunidades de negocio que había perdido.

–Paige y yo fuimos a visitar los lugares turísticos.

–¡Qué mala suerte! Paige habría iluminado la sala. Ella sonrió.

–Gracias, Donnie. Espero que todo esté resultando de tu agrado.

51

–Habría sido mejor si Hightower no hubiera acaparado a la mujer más bella de Las Vegas. ¿Podría invitarte a una copa?

Paige se ruborizó y bajó la mirada. Entonces sintió que Trent la abrazaba por la cintura.

–Si nos permites, es una cita privada –comentó él.

La depredadora y calculadora mirada de Donnie se clavó en Trent para, a continuación, volver a dirigirse hacia las curvas de Paige. Parecía estar evaluando sus posibilidades de éxito.

–Seguro que tenéis tiempo de tomar una copa.

–En realidad, yo estoy a punto de marcharme a dormir –dijo ella.

–Tal vez nos veamos mañana, ¿no? –añadió Donnie sin dejar de examinarla con la mirada. Parecía ignorar completamente el hecho de que Trent estaba mirándolo con el ceño fruncido.

–Allí estaré –respondió Paige, esbozando una mueca.

Trent se sintió muy frustrado. No podía pegarse a Paige durante la duración de la convención y, al mismo tiempo, realizar su trabajo para HAMC. El único consuelo era que Donnie asistiría a los mismos eventos que él.

–Ambos estaremos allí –terció.

A continuación, observó cómo Donnie miraba a Paige de arriba abajo antes de alejarse.

–No has sido muy amable con él –le reprendió entonces ella.

–No es alguien que te merezca la pena conocer.

–¿Quién lo dice? –contestó Paige, apartándose de él.

–Yo. No confíes en Donnie, Paige.

–Trent, no tienes derecho a decirme cómo debo pasar mi tiempo ni con quién.

Él pensó que aquello era cierto, pero la simple idea de que ella estuviera con Donnie le repugnaba. Decidió que tenía que mantenerlos apartados. No sólo porque su rival en los negocios fuera un indeseable, sino porque, además, era uno de los pocos asistentes a la convención que podía diferenciarlo de su hermano gemelo. Seguramente sabía que él no había asistido a la cita del año anterior.

–Te acompaño al coche.

En pocos minutos estuvieron en la entrada del hotel. Paige le entregó el tique del aparcamiento al mozo y el joven se digirió a por el vehículo.

Una vez que estuvieron solos, ella echó la cabeza para atrás y las brillantes luces del hotel se reflejaron en su garganta.

–Gracias por esta noche. Me lo he pasado bien.

Trent la miró a la boca y sintió que su libido se disparaba. Pero aquél era un deseo que no tenía ninguna intención de satisfacer. Todo lo que iban a compartir eran los asientos de los coches de las montañas rusas… si le hacía caso a su mente.

–Mañana por la tarde iremos a otro parque de atracciones.

–Tal vez –contestó Paige, esbozando una leve sonrisa.

Él pensó que ella tenía una boca exquisita, pero de inmediato se reprendió a sí mismo por aquel pensamiento.

–Seguro –la corrigió, pero el sonido del jeep en la distancia lo distrajo.

En esa fracción de segundo, Paige lo tomó por la nuca y, de puntillas, lo besó.

Trent podía haber esquivado el beso. Debería haberlo hecho. Pero no lo hizo. Los labios de ella lo besaron de una manera muy dulce y tentativa... pero, aun así, sintió que todas sus defensas se derrumbaban y que un cosquilleo le recorría el cuerpo. La intensidad con la que respondieron sus terminaciones nerviosas le impactó. Mientras los labios de Paige acariciaban los suyos, intentó comprender por qué aquella mujer le afectaba tanto para así evitar responderle.

Pero aquel beso no era el beso de una mujer experimentada, por lo que supo que lo que le había dicho ella acerca de que no acostumbraba a subir a la suite de los clientes del hotel era cierto.

Aunque no era como si no pudiera besar.

Él estaba acostumbrado a mujeres que sabían lo que querían y que trataban de conseguirlo sin vacilación. Por el contrario, aunque Paige había iniciado el beso, lo había hecho con tanta falta de confianza que era extrañamente... atractivo.

Decidido a apartarla de su lado, le agarró una muñeca. Pero entonces, sintió que ella le acariciaba el labio inferior con la lengua y el hambre se apoderó de él con gran voracidad. Necesitaba saborearla más, tenía que saborearla más...

Ladeó la cabeza y separó los labios. Cuando Paige trató de echarse para atrás, la sujetó y buscó su lengua con la suya. La abrazó estrechamente contra su cuerpo.

A ella le impresionó aquella apasionada agresividad y el grito de sorpresa que emitió embargó la boca de Trent. Entonces le clavó a éste sus cortas uñas en el cuello y se dejó llevar por aquel beso. Sus suaves pechos presionaron el torso de él y el calor que su cuerpo desprendía traspasó la barrera de la ropa, por lo que repentinamente, Trent sintió la piel caliente y húmeda. Asimismo, sintió que un apasionado deseo se apoderaba de su interior. Le acarició a Paige el pelo para, a continuación, ladearle la cabeza y besarla más profundamente.

En ese momento, su mente le recordó que ella había estado con Brent, pero decidió ignorar la advertencia. Deseaba a aquella mujer. Deseaba a Paige, la ex amante de su hermano.

Al oír el portazo que alguien dio con la puerta de un coche, recuperó un poco el sentido común. Luchando contra el intenso deseo y necesidad que se había apoderado de él, logró apartarse de ella. Entonces respiró profundamente para llenar de nuevo sus pulmones de aire.

El aturdimiento se reflejó en los ojos castaños de Paige, la cual estaba muy ruborizada. Su agitada respiración le dejó claro a Trent que él no era el único que se había quedado con ganas de más, necesitado. Seguía sintiendo unas intensas ganas de besar los todavía húmedos labios de ella. Pero, gracias a su recuperado sentido común, no se dejó llevar por sus impulsos.

Pensó que nunca debía haber permitido que Paige lo besara, ya que, en aquel momento en el que conocía su sabor y cómo era el sentirla presionada contra él, por primera vez desde su niñez codiciaba lo que su hermano ya había poseído.

Se metió una mano en el bolsillo y sacó un billete

de veinte dólares que le dio al mozo a modo de propina.

–Buenas noches –le dijo entonces a Paige antes de darse la vuelta y entrar de nuevo en el hotel.

Pensó que necesitaba una nueva estrategia. Y la necesitaba de inmediato.

Llegaba tarde.

Paige se apresuró en dirigirse hacia la entrada para empleados del hotel. Se maldijo a sí misma e intentó no torcerse un tobillo, ya que llevaba unos zapatos de tacón altísimos.

El beso de Trent la había mantenido despierta durante la mayor parte de la noche, tras lo cual había presionado el botón de repetición del despertador una, dos… y hasta tres veces.

Se colocó a toda prisa su placa de identificación y abrió la puerta. Aquél era el primer día de su plan de seducción y éste ya había fracasado. No había tenido tiempo de lavarse el pelo y sólo se había maquillado levemente. Su sencillo vestido negro era demasiado soso como para tentar a Trent y había olvidado ponerse pendientes y el reloj, por lo que se sentía como si estuviera desnuda. Y no de una buena manera.

En vez de buscar al objeto de sus indecorosas intenciones, tenía que evitar a Trent hasta que pudiera acudir al salón de belleza del hotel durante su descanso para comer y suplicar que la ayudaran.

Comprobó el vestíbulo de entrada del hotel y suspiró, aliviada, al ver que estaba vacío. Entonces se apresuró en dirigirse a su despacho. Una vez allí, encendió el ordenador y metió su bolso en uno de los cajones del escritorio, tras lo cual se sentó en la silla para recuperar la compostura. Cerró los ojos para intentar relajarse.

Pero, sobresaltada, oyó un carraspeo masculino y levantó los párpados de inmediato. Vio que su jefe estaba en la puerta. Milton Jones, de cincuenta y tantos años, frunció el ceño.

—Buenos días, Milton —dijo ella, poniéndose erguida.

Él miró de forma significativa el reloj que había en la pared junto al escritorio de Paige.

—Has llegado tarde.

Ella pensó que su jefe podría haber sido un poco más considerado, ya que sabía que nunca antes había llegado tarde. De hecho, normalmente llegaba al trabajo con quince minutos de antelación.

—Sí, he llegado cinco minutos tarde. Lo siento. Es la primera vez, pero no volverá a ocurrir.

—¿Te has dado ya una vuelta por la planta?

—Voy a hacerlo ahora mismo —contestó Paige, levantándose.

En realidad, había deseado poder ir al cuarto de baño de señoras para retocarse el maquillaje y arreglarse un poco el pelo... por si acaso se encontraba accidentalmente con Trent. Pero eso iba a tener que esperar. Tomó su portapapeles y su radio.

—La convención aérea está marchando bien —comentó.

—Sólo es el tercer día —indicó Milton con sequedad.

—Y todo ha comenzado estupendamente, salvo unos pequeños inconvenientes con el sistema de sonido. ¿Vas a acompañarme en mi vuelta? —le preguntó ella a su jefe, ya que éste no se movía para dejarla pasar.

—No tengo tiempo. Tengo que negociar los honorarios de una convención de podólogos. Infórmame de cualquier irregularidad que encuentres —ordenó Milton antes de marcharse a su propio despacho.

Aliviada, Paige se relajó. Su jefe era un mentor increíble. Le había dado una enorme oportunidad al contratarla para trabajar allí. Ella sólo había trabajado en un pequeño hotel después de haber terminado en la universidad la carrera de Turismo. Milton le había enseñado mucho más de lo que jamás podría aprender en un libro de texto. Pero realmente no podía soportar lo quisquilloso que había sido aquella mañana. Ya tenía los nervios demasiado alterados debido al beso de Trent.

Bueno, en realidad sabía que había sido su beso. Ella lo había besado a él.

Pensó que sus hermanas se sentirían orgullosas y esbozó una sonrisa. Pero no podía decírselo a ellas. La sonrisa se borró de sus labios y sintió que una sensación de vacío se apoderaba de su interior.

Durante la noche anterior, mientras había estado tumbada en la cama sin poder dormir, había tomado el teléfono en innumerables ocasiones para telefonear a alguna de sus hermanas y hablar un rato. Aunque no podría haberles revelado la razón por la que las llamaba a aquellas horas, había necesitado oír una voz familiar. Sabía que normalmente Ashley se levantaba antes del amanecer para realizar el cambio de turno en el hospital.

Negó con la cabeza y tomó unos cuantos mensajes que tenía. Pensó que ni siquiera era seguro telefonear a su casa para hablar del tiempo; sus hermanas descubrirían que le ocurría algo aunque ella no dijera ni una sola palabra acerca del maravilloso beso del que había disfrutado la noche anterior.

Sus cuatro hermanas siempre se percataban de todo, eran muy perceptivas… salvo cuando se trataba de resolver sus propios problemas. Entonces siempre recurrían a ella para que las ayudara.

Normalmente sólo llamaba a su casa los domingos, ya que aquel día toda su familia estaba reunida y había demasiado ruido y barullo como para que ninguna de sus hermanas pudiera oír con claridad su tono de voz. No había regresado para visitarles desde que trabajaba en Las Vegas. Echaba de menos a su familia, pero parecía que, de nuevo, iba a pasar sola las Navidades.

Como tenía muchas tareas que realizar, se llevó consigo los mensajes que había recibido y comprobó que todas las salas de reuniones estuvieran equipadas debidamente con cafetera y agua fría.

Cuando vio entre sus mensajes una hoja de papel en la cual sólo había escrito su nombre, así como un número de teléfono que no reconocía, se detuvo. Nunca antes había recibido un anónimo. Se sintió muy impaciente ante la idea de tener que esperar a regresar a su despacho para telefonear a aquel número, por lo que se medio escondió en una esquina, donde sacó su teléfono móvil…

–Trent Hightower.

Al escuchar la profunda voz de él, sintió que le daba un vuelco el estómago.

–Yo… soy Paige. He recibido tu mensaje –dijo, nerviosa.

–¿A qué hora terminas de trabajar hoy?

–A las seis.

–Pues a esa hora te veré fuera del hotel. Vamos a ir a Buffalo Bill's.

Ella sintió que se le quedaba la boca seca. Aquel hotel estaba a unos cuarenta kilómetros de la ciudad de Las Vegas. Se encontraba en Primm, Nevada.

–Trent, tendré que ir primero a mi casa para cambiarme.

–Pararemos en tu casa de camino.

–¿Y mi coche? No puedo dejarlo aquí. Lo necesitaré mañana para venir al trabajo.

–Entonces yo te seguiré.

La sola idea de que él entrara en su apartamento, o de que simplemente la esperara fuera, le puso muy nerviosa.

–Pero…

–Nos vemos esta noche, Paige –respondió Trent antes de colgar el teléfono.

Ella pensó que aquello no estaba bien. Necesitaba vestirse de manera seductora para ganar confianza. No podía permitir que volviera a ocurrir lo mismo que el año anterior, aunque sabía que era un riesgo que tenía que correr para poder comenzar de nuevo.

Durante su noche de insomnio, Trent había decidido que entrar en la casa de Paige era la mejor manera de descubrir sus debilidades. Por eso había planeado aquella salida con ella.

A juzgar por la manera en la que Paige no se estaba quieta en su salón mientras se mordía el labio inferior, pensó que seguramente Brent no había estado allí.

—Paige, vamos mal de tiempo. Ve a cambiarte.

—Sí. Ahora mismo voy… —contestó ella. Pero era obvio que no estaba cómoda al tener que dejarlo a solas en su propio espacio personal.

Despacio, Paige se marchó del salón, tras lo cual se apresuró a dirigirse a su dormitorio. Cuando abrió la puerta, Trent pudo ver su cama y sintió que los músculos de la tripa se le ponían tensos. Apartó abruptamente la mirada y, aprovechando que estaba solo, analizó la sala con la esperanza de descubrir algo de Paige que lo ayudara. Había fotografías enmarcadas por todas partes; por lo menos debía de haber treinta.

Se acercó a uno de los portarretratos y vio a una sonriente pareja de mediana edad frente a una tienda que se llamaba Ferretería McCauley. Supuso que serían los padres de Paige, la cual había heredado el pelo rubio y los ojos castaños de su padre, así como la curvilínea figura de su madre.

En otra de las fotografías, Paige estaba en la playa junto a otras cuatro mujeres. Ella tenía un cuerpo estupendo. Los cuerpos de las otras mujeres, así como sus colores de pelo y ojos variaban, pero sus facciones eran lo bastante similares como para dejar claro que eran familia. Probablemente eran sus hermanas. Paige no era la más guapa, pero había algo en su sonrisa y en el brillo de sus ojos que la hacía ser la más interesante del grupo.

Entonces captó su atención una serie de tarjetas que había sobre una mesita. Se acercó a ella y tomó la tarjeta que estaba más arriba. *Espero que tengas un cumpleaños caliente*, decía la felicitación. Miró hacia el pasillo para comprobar que Paige todavía siguiera en su dormitorio, tras lo cual abrió la tarjeta. Sorprendido, parpadeó al ver el dibujo de un bombero ligerito de ropa que sujetaba una tarta delante de su entrepierna.

Leyó la nota que había escrita a mano.

Feliz veintiocho cumpleaños. Te echamos de menos. Espero que tu último pretendiente te lo haga pasar muy bien. No hagas nada que yo no haría... claro que eso te deja abiertas muchas posibilidades, ¿no es así?

Te quiero.

Jessie.

¿Último pretendiente? Trent habría apostado lo que fuera a que Paige no tenía ningún romance en aquel momento, sobre todo si juzgaba la manera en la que besaba. Dulce, delicada y tentativamente...

Tomó una segunda tarjeta, la cual tenía otro machote en la portada.

—¿Qué estás haciendo? —preguntó repentinamente Paige.

Él se percató de que lo había pillado con las manos en la masa. Dejó la tarjeta sobre la mesa y se dio la vuelta. Observó que ella se había cambiado el vestido negro por unos pantalones vaqueros y un ceñido jersey rojo que le marcaba los pechos y la estrecha cintura.

—¿Cuándo fue tu cumpleaños?

Paige se ruborizó y se acercó a tomar las tarjetas para meterlas en un cajón.

—La semana pasada.

—Felicidades retrasadas —dijo Trent. No pudo evitar que, de nuevo, captara su atención la cama que podía ver a través de la puerta del dormitorio de ella.

Pero se obligó a centrarse en reunir información y asintió con la cabeza ante una de las fotografías–. ¿Es tu familia?

–Sí.

–Seguro que tienes muchas ganas de verlos en Navidades.

–No voy a ir a casa por Navidades –respondió Paige, apartando la mirada.

Él pensó que su propia familia, aunque no estaba muy unida ni era tradicional, siempre celebraba junta la Navidad en alguna parte del mundo. Tenía que comprobar el lugar en el que su madre planeaba reunirlos a todos aquel año y pedirle a su hermana que encontrara un piloto al que no le importara llevarlo hasta allí en festivo a cambio de una paga extra.

Por alguna razón que desconocía, la idea de que Paige pasara sola las Navidades le afectó.

–¿Vas a pasar las vacaciones sola en Las Vegas?

–Estoy planeando realizar las visitas turísticas que he estado retrasando –contestó ella con un falso entusiasmo reflejado en la voz. Pero el temblor de sus labios la delató.

Temeroso de que Paige se pusiera a llorar si continuaban hablando de aquello, él indicó la fotografía de las cinco mujeres.

–¿Son tus hermanas?

–Sí.

–¿Cómo se llaman?

–Pensaba que habías dicho que teníamos prisa.

–Dímelo rápido.

Paige se rió y se dirigió a la puerta.

–Nos queda un considerable trayecto en coche y tu chófer está esperándonos.

Trent había alquilado un coche con chófer, ya que había querido poder centrarse en su intención de llegar a conocer a la ex amante de su hermano. Aunque no había imaginado encontrar la solución tan rápido.

–También se le paga por esperar.

–Se supone que The Desperado es la mejor montaña rusa de la zona –comentó ella–. Yo no quiero esperar. Vamos.

Él se encogió de hombros y la siguió. Pensó que había descubierto lo que había ido buscando; la familia de Paige era su tendón de Aquiles y la manera perfecta de sacarla del hotel antes de que llegaran Brent y Luanne… si lograba que las hermanas de Paige fueran a Las Vegas.

Capítulo Cinco

–Pensaba que te gustaban las montañas rusas –comentó Paige mientras recorría junto a Trent el casino del Buffalo Bill's para dirigirse por tercera vez hacia la montaña rusa Desperado.

Todavía tenía el corazón revolucionado debido a la emoción de montar en aquella atracción, pero el comportamiento comedido de su acompañante empañó levemente su entusiasmo.

–Y me gustan –contestó él.

–Pues tienes una manera muy extraña de demostrarlo. No pareces asustado. Pareces… tenso. Estabas mucho más relajado el otro día. Incluso pareces una persona distinta.

Trent respiró profundamente y se detuvo.

–Es una buena montaña rusa, una de las mejores en las que he montado. El constructor realizó un muy buen uso del espacio al introducirla por el casino y la entrada del hotel. A todo el mundo que la vea le apetecerá comprar un tique para montar.

De nuevo, él estaba desviando la conversación para no hablar de sus sentimientos.

–¿Por qué estás intentando no disfrutar de la atracción? –le preguntó Paige.

–¿Qué te hace pensar eso?

–No tienes ninguna expresión reflejada en la cara.

Si yo no estuviera tan acostumbrada a fijarme hasta en el más mínimo detalle de las expresiones de las caras de mis hermanas, seguramente podrías haberte salido con la tuya. Pero la mirada en blanco no funciona conmigo. Puedo ver reflejado en tus ojos que esta noche estás conteniéndote.

–Tienes una imaginación muy activa.

–¿Sabes una cosa? Estoy muriéndome de hambre. Hoy no he comido. Puedes contarme lo que te pasa durante la cena. Tony Roma's parece estupendo.

–¿Funciona tu autoritarismo con tus hermanas? –preguntó Trent, divertido. A continuación la guió hacia el restaurante, pero sin tocarla.

Aunque aquella proximidad fue bastante para provocar que a Paige se le acelerara el pulso.

–Mis hermanas dicen que soy como un río –comentó–. En ocasiones, puedo incluso destruir las rocas.

Él sonrió y se rió ante aquello. Sintiendo que le daba un vuelco el estómago, ella se percató de lo arrebatadoramente atractivo que estaba. Iba vestido con unos pantalones vaqueros y un jersey negro. Con sólo mirarlo se le hacía la boca agua. Esperó a que estuvieran sentados a una mesa del restaurante para volver a la carga.

–Me gustaría montar en algunas atracciones más antes de marcharnos. Pero sólo si te apetece.

–Sí. Tendremos tiempo.

–¿Es por el beso?

–¿El qué? –respondió Trent, desconcertado.

–El que no estés a gusto conmigo. Estabas bien hasta que ayer por la noche te besé.

–No estoy incómodo contigo. Mi humor no tiene

nada que ver con el beso… beso que, por cierto, no debiste haberme dado.

–Tú me lo devolviste –contestó Paige, ruborizada.

–No estoy buscando mantener una relación sentimental –dijo entonces él, mirándola a los ojos.

–¿Estás casado?

–No, no lo estoy. Nunca lo he estado y nunca lo estaré.

–¡Vaya! Dime lo que realmente estás pensando –pidió ella. Comprendía a la perfección la amargura de Trent ya que, después del abandono de David, ella misma no sabía si podría volver a confiar en algún hombre lo bastante como para pensar de nuevo en el matrimonio–. ¿Hay alguna historia interesante detrás de tu vehemencia? ¿Un compromiso roto? ¿Un corazón herido? ¿Una ex mentirosa y aprovechada?

–Nada de eso.

–¿Estás saliendo con alguien?

–No.

–Entonces, si el beso en sí no te hizo sentir incómodo, ¿cuál es el problema? No tenemos por qué montar juntos en las montañas rusas. Si lo recuerdas, fue idea tuya que saliéramos.

–Lo que recuerdo es que esto empezó porque me retaste.

–Reto que tú aceptaste y del que después quisiste hacerme partícipe.

Trent asintió con la cabeza.

–A juzgar por las fotografías que tienes junto a tu familia, todos parecéis muy unidos. ¿Qué te hizo mudarte al otro extremo del país?

La inesperada pregunta de él puso tensa a Paige, la cual prefería ser ella quien preguntara.

—El trabajo.

—¿Sólo el trabajo?

—Con frecuencia, la gente se traslada debido a motivos laborales. Pero estábamos hablando de ti.

—Tú estabas hablando de mí y, aunque estoy seguro de que es un tema fascinante… —dijo él de manera burlona— yo estoy más interesado en ti. ¿Dónde trabajaste antes de en el Lagoon?

—Antes de graduarme en el instituto trabajé para mis padres y, después de la universidad, en un pequeño hotel de Charleston, cerca de mi casa. Entonces me surgió la increíble oportunidad de trabajar en un hotel tres veces más grande, por lo que rompí ataduras y me marché.

Gracias a Dios, Milton había necesitado personal y la había contratado de inmediato.

—¿Cómo se sintió tu novio acerca de tu decisión? —preguntó Trent.

—¿Qué te hace pensar que tenía novio?

—Eres inteligente y atractiva, ¿por qué no ibas a tenerlo?

—Él iba a mudarse a Manhattan de todas maneras, para empezar allí un nuevo trabajo, por lo que no hubo ningún problema. Pero hablemos de ti, ¿por qué has estado tan tenso esta noche?

—No te rindes, ¿verdad? —contestó él, negando con la cabeza.

—La perseverancia es una virtud. Por lo menos eso dice mi madre.

—Yo solía obtener la misma satisfacción de volar que la que obtengo de las montañas rusas.

—¿Ya no te ocurre?

—Ya no vuelo.

—Tienes una empresa aérea y me dijiste que tu avión estaba esperando en el aeropuerto. Por supuesto que vuelas.

—Me refiero a que ya no piloto aviones.

—¿Por qué no?

Trent esbozó una dura mueca.

—Pilotar yo mismo es un lujo que ya no puedo permitirme. Trabajo durante los trayectos en avión.

—¿No podrías pilotar como hobby?

—No tengo tiempo para hobbys —respondió él, indicándole a continuación al camarero que se acercara—. ¿Qué te gustaría comer, Paige?

—Costillas. Me gustaría un plato de degustación.

En cuanto el camarero se alejó tras tomarles nota a ambos, ella analizó a Trent con la mirada.

—¿Cuál es la verdadera razón por la que renunciaste a volar? No me creo la historia que me has contado.

—¿Has considerado la posibilidad de trabajar para el FBI? —le preguntó él.

—¿Querrás decir que si he considerado la posibilidad de que me paguen por espiar? Mi hermana pequeña, Sammie, me ha sugerido algo parecido muchas veces. Pero tú estás eludiendo mi pregunta.

Trent se echó para atrás en la silla y negó con la cabeza.

—¿No vas a contestarme? —insistió Paige—. ¿Desde hace cuánto no pilotas tú mismo?

—¿Importa eso?

—Sí. Dijiste que no te habías montado en ninguna montaña rusa desde la universidad y has renunciado a pilotar. Afirmas adorar ambas cosas, por lo que estoy intentando descubrir la relación entre ellas.

—¿Tienes que indagar tanto en todo? —preguntó él.

–Es mi cualidad especial. Así logro llegar al fondo de los problemas, por lo que pregunto en vez de especular. ¿Por qué renunciaste a tus dos actividades favoritas?

–¿Por qué te mantienes apartada de tu familia cuando es obvio que la echas muchísimo de menos?

Impactada ante aquella pregunta, ella se quedó mirándolo fijamente a los ojos… gesto que Trent le devolvió. Pensó que si quería llegar a meterse en la cabeza y en la cama de él, iba a tener que ofrecer algo, dar algo a cambio. Respiró profundamente.

–Mi familia vive en un pueblo pequeño donde el rumorear, el pescar y el montar en barco, es ese orden, son las maneras favoritas de diversión. Cuando me abandonó el hombre con el que todo el mundo pensaba que iba a casarme, un hombre que también creció allí, huí antes de enfrentarme a todos los rumores que había a mis espaldas. Aquella primera noche contigo fue una especie de recuperación. Ahora es tu turno.

Paige no había dejado de mirarlo a los ojos durante su confesión. Su disposición para mostrar su vulnerabilidad impresionó a Trent, en cuya familia imperaba la filosofía de no mostrar nunca debilidad. Apretó los puños para controlar el impulso de acercarse para consolarla. Pensó que a la pobre la había abandonado su novio y después Brent la había utilizado de mala manera.

No podía confesarle que ella le hacía sentir la misma clase de adrenalina que volar ni que, cuando estaban demasiado cerca, no podía concentrarse en la atracción. Sabía que, si admitía algo como aquello, ambos se dirigirían en una dirección que no tenía ninguna intención de seguir. Pero había algo en Paige, en lo franca que era, que le hacía desear revelarle el secreto que no le había contado a nadie. Ni siquiera su mejor amigo, Gage, conocía toda la verdad.

–Pilotar un avión, sobre todo uno pequeño, es como estar sentado en el coche delantero de una montaña rusa.

–Quizá yo debería animarme a pilotar. Claro que, tendría que ganar la lotería para poder pagar la licencia, pero eso es otra historia –comentó ella, haciendo entonces una pausa–. Pero eso no explica por qué renunciaste a tus dos pasiones.

–Mi padre es adicto al juego. Dejé de volar el día que me dijo que jugar era la única manera en la que podía volar manteniendo los pies en el suelo. Afirmaba que aterrizaba su avión y se dirigía directamente al casino, ya que éste le ofrecía el mismo tipo de adrenalina. La adicción de mi padre casi nos costó Hightower Aviation.

–¿Y eso qué tiene que ver contigo?

–No puedo arriesgarme a cometer los mismos errores que mi padre.

–¿Eres adicto al juego?

–No, pero volar me llena de adrenalina. Me emociono por dentro. Y siempre deseo más. Me encantaba llevar el avión a su límite, para comprobar las cualidades de éste y mis habilidades. He vivido peligrosamente. Paracaidismo, regatas, vuelos con ala delta… lo que fuera. Si me enteraba de algún deporte de riesgo, tenía que practicarlo.

–¿Te costó alejarte de la montaña rusa esta noche? –preguntó entonces ella.

–No.

–¿Y ayer?

–Tampoco.

–¿Andar por el casino te hizo desear sentarte a una de las mesas para probar suerte?

Ante aquella pregunta, Trent se percató de que al haber estado en el casino ni siquiera se había fijado en las máquinas que en éste había. Su atención había estado captada por Paige.

–No es tan sencillo –contestó.

–Tal vez sí que lo sea. ¿Cuántos años tienes?

–Treinta y cuatro.

–Así que abandonaste las dos cosas que más te gustaban hace más de una década... y no has vuelto a caer en la tentación. Parece obvio que no compartes la falta de voluntad de tu padre. Y sí, tus hobbys eran un poco peligrosos, pero odio tener que decirte que la mayoría de los niños, incluso también algunas niñas, pasan por ese estado rebelde y hacen locuras. Mis hermanas y yo lo hicimos. Pregúntales a mis padres. Mi madre nos culpa de cada cana que le sale.

–No puedo correr el riesgo, ya que, tal vez, estés equivocada.

–¿Entonces por qué te torturas a ti mismo al ser director de Hightower Aviation y estar a cargo de toda una flota de aviones? ¿Por qué no haces otra cosa?

–Alguien tenía que sacarnos del agujero financiero en el que nos había metido mi padre.

–¿Y qué pasa con tus hermanos? ¿No podría haberse ocupado uno de ellos de la empresa? ¿O eran demasiado jóvenes?

Él se percató de que Brent no le había dicho que tenía un hermano gemelo.

–Mi hermano y yo tenemos una edad… parecida, pero él no tiene una buena capacidad para los negocios. Con respecto a mis hermanas, una acababa de empezar la universidad y la otra ni siquiera había cumplido los dieciséis años. Yo me había licenciado en Aeronáutica, por lo que era el más cualificado.

–Parece que tu educación te preparó para ser director de HAMC. ¿Querías serlo?

–No.

–¿Qué querías ser?

–Quería ser piloto de las fuerzas aéreas.

–¿Eres demasiado mayor ya para alistarte?

–La edad es irrelevante. Esa parte de mi vida está terminada. Mi familia cuenta conmigo para que HAMC siga siendo rentable.

–Pues deberías tener un trabajo que te emocionara cada día.

–¿Por qué te metiste tú a gerente de hotel en vez de prepararte para sustituir a tus padres en su tienda? A juzgar por la fotografía que hay en tu salón, parece un negocio rentable.

–La ferretería marcha bien –contestó Paige, impresionada–. Pero, por mucho que yo quiera a mi familia y a nuestra pequeña ciudad, quería marcharme de allí. Quiero ver mundo. Además, mi hermana mayor se hará cargo del negocio cuando mi padre se jubile.

Tras decir aquello, ella hizo una pausa. Entonces esbozó una comprensiva sonrisa.

–Trent, no tenemos que montar en más montañas rusas si el hacerlo está alterándote.

–Esto era un demonio al que tenía que enfrentarme. Gracias por haberme forzado a hacerlo al haberme desafiado.

–Yo misma he tenido que enfrentarme a algunos de esos demonios –reconoció Paige, esbozando una mueca.

Trent se percató de que ella estaba refiriéndose a su ex novio. Enfadado, pensó que, sin importar cómo terminara todo aquello, no quería que Paige resultara herida de nuevo.

A Paige se le revolucionó el corazón y se le humedecieron las manos al acercar el chófer el coche a su apartamento.

Se preguntó a sí misma si debía invitar a Trent a entrar. El último beso que habían compartido había aumentado su deseo de él que, sentado a su lado, parecía muy relajado. Pero no había intentado tocarla y tenía la mirada fija en la luna delantera. Durante la cena habían conectado, pero desde entonces apenas habían hablado.

Se mordió el labio inferior y se planteó cerrar la mampara que separaba la parte delantera y trasera del vehículo para así tener más intimidad, pero no estaba segura de qué botón era el que la cerraba, ya que había muchos.

–Detén aquí el coche –le indicó Trent al chófer al llegar frente a su edificio–. No apagues el motor. Ahora mismo vuelvo.

Ella se quedó muy decepcionada.

Trent abrió la puerta del vehículo, salió y esperó a que lo hiciera también Paige. Pero no le ofreció una mano para ayudarla.

Ella reunió todo su coraje y se detuvo en la acera junto al gran coche negro.

–Si quieres que el chófer pueda marcharse, yo puedo llevarte más tarde al hotel.

Él se quedó paralizado. Frunció el ceño y miró la boca de Paige. Pero negó con la cabeza.

–Ambos necesitamos acostarnos pronto.

Ante aquella respuesta, ella se estremeció y se giró para subir las escaleras que llevaban a su apartamento. Con el orgullo herido, observó que Trent la acompañaba hasta la puerta… manteniendo entre ambos bastante distancia. Entonces sacó las llaves y abrió la puerta de su hogar.

–Pasa –le dijo a él una vez que estuvo dentro.

–Esta noche no –contestó Trent, dando un paso atrás–. Te veré por la mañana.

–¿Trent? ¿Ocurre algo?

–Nada. Buenas noches, Paige.

Sintiendo un gran vacío por dentro, ella observó como él bajaba las escaleras. Pensó que tenía que trabajar mucho para lograr hacer funcionar su táctica de seducción…

–Hightower Aviation. Nicole al habla –contestó al teléfono la hermana de Trent el miércoles por la mañana.

–Tengo un trabajo para ti. Y debe ser prioritario en tu lista.

–Bueno… hola a ti también, Trent. Ryan y yo estamos bien, gracias, y nuestro bebé está creciendo tan rápido que parece que estoy embarazada de gemelos.

–Me alegro de que tu pequeña familia esté bien, pero voy a tener que saltarme las formalidades. Tengo que dar una conferencia en quince minutos.

–Está bien. ¿Qué necesitas?

–Necesito que te pongas en contacto con los propietarios de la Ferretería McCauley y que logres que la mayor parte de los miembros de la familia McCauley vuele a Las Vegas. Sobre todo quiero que vengan las hermanas de Paige McCauley, pero si sus padres también pueden viajar, que lo hagan.

–¿Una ferretería? ¿Eres un cliente potencial?

–No. La tienda está en Carolina del Sur. No sé en qué ciudad, pero debe de ser en alguna al oeste de Charleston. Prepara un avión para ellos. Y reserva varias habitaciones de hotel aquí, en Las Vegas, pero lejos del Lagoon. Los gastos correrán a cargo de HAMC.

–Umm… Trent, sabes que Las Vegas es un destino muy popular durante las Navidades, ¿verdad?

–No importa el precio; encuentra habitaciones para ellos.

–¿Tienes los nombres de los miembros de la familia?

–No –contestó él, que no podía recordar los nombres de las hermanas de Paige–. Pregunta por alguno de los propietarios de la ferretería, que será uno de los padres de Paige. Diles que quieres llevar a sus hijas a Las Vegas para que vean a su hermana.

–¿Alguna fecha específica?

–Necesito que estén aquí el domingo por la mañana como muy tarde. El día veinte.

–¿De diciembre? –preguntó Nicole, chillando.

–Sí.

–Sólo faltan cuatro días y ya sabes lo ocupados que estamos en Navidades. Nuestros aviones están reservados desde hace meses y, te lo creas o no, incluso a los pilotos les gusta celebrar las fiestas con sus familias. Las vacaciones ya están programadas.

–Nicole, eres la mejor gerente de la empresa. Puedes lograrlo.

–Podría ofrecerles que viajaran con Brent…

–¡No! Hagas lo que hagas, mantén a los McCauley alejados de Brent y Luanne. Ni siquiera quiero que sus respectivos aviones aterricen en el aeropuerto con poco intervalo de tiempo entre medias. Nuestro hermano llega a Las Vegas el domingo por la tarde.

–¿Qué ha hecho Brent ahora?

–Cuando soluciones este problema, te contaré todo lo que quieras saber. Ahora no tengo tiempo.

–Querrás decir si soluciono este problema.

–No podemos fallar. Si no puedes encontrar otra cosa, utiliza mi avión y mi tripulación.

–No puedo hacer eso, a no ser que tú te quedes en el Lagoon una noche más.

–Me quedaré –respondió Trent–. Haz lo que tengas que hacer.

–Pero si lo hacemos así, tendrás muy poco tiempo para llegar a la junta directiva del martes.

–Llegaré a tiempo.

–Te telefonearé para informarte de lo que logre.

–Deja un mensaje en el teléfono de mi habitación de hotel en vez de en mi móvil. Estaré en conferencias y reuniones de negocios todo el día. Y, Nicole, una cosa más; diles a los McCauley que esto es un regalo sorpresa para Paige. Tienen que mantenerlo en secreto.

–Oh, Trent, es tan tierno… Para que tú te molestes tanto, ella debe de ser muy especial.

–No es tierno. No es nada personal. Son negocios.

Capítulo Seis

Paige se había vestido para matar con una sensual camiseta de tirantes cruzados que le marcaba las curvas y unos pantalones ajustados que lograban que sus piernas parecieran más largas. Incluso había encontrado unas sexys botas de tacón alto en su armario, lo suficientemente cómodas como para poder ponérselas para ir andando hasta el Hotel Sáhara, donde se encontraba la montaña rusa de la que iban a disfrutar aquella noche.

Como quería ver a Trent en acción, al finalizar su jornada el miércoles por la tarde entró muy silenciosamente en la sala de conferencias. Él estaba en el estrado. Iba vestido con un traje de chaqueta oscuro que acentuaba su musculosa constitución y anchos hombros. Al verla, hizo una pausa en su charla y la miró fijamente.

A ella se le revolucionó el pulso y observó que muchos de los asistentes a la conferencia se giraban para ver qué había distraído al conferenciante. Entonces se apoyó en la pared de la parte trasera de la sala y esperó a que Trent continuara hablando.

Durante los siguientes veinte minutos, él analizó los aspectos relativos a la seguridad de aterrizar aviones privados en territorio extranjero. Todo el mundo lo escuchó con entusiasmo.

Cuando la conferencia terminó, varios de los asistentes se acercaron a hablar con él.

–Hola, Paige –dijo entonces alguien con una voz que le era familiar cerca de ella.

Paige miró hacia el pasillo y se esforzó por esbozar una educada sonrisa. Donnie tenía algo que no inspiraba confianza. Ella ya lo había percibido incluso antes de que Trent le hubiera advertido.

–Buenas tardes, Donnie. Espero que la convención esté siendo de tu agrado.

–Sólo habría una cosa que podría mejorarla. Cena conmigo. Hay un encantador restaurante aquí cerca al que no puedes dejar de ir.

–Paige va a estar conmigo –terció repentinamente Trent, abrazándola por la cintura.

–Gracias por la invitación, Donnie –contestó ella, estremeciéndose–. Pero Trent y yo ya habíamos quedado.

Donnie se sacó una tarjeta de negocios del bolsillo.

–Tú te lo pierdes, cariño, pero aquí tienes mis números de teléfono por si te espabilas y quieres a alguien un poco más divertido que nuestro estirado amigo aquí presente –dijo. Entonces indicó uno de los números–. Éste es mi número de móvil. Puedes telefonearme a cualquier hora, del día o de la noche.

Tras decir aquello, se marchó. Paige se quedó sujetando una tarjeta que no quería, pero que, por educación, no podía haber rechazado.

–Tengo que cambiarme de ropa –informó entonces Trent–. Sube conmigo.

Ella sintió que se le quedaba la boca seca. Aquello implicaba regresar a la escena del crimen... antes de lo que había esperado. Pero no iba a quejarse, ya que ello suponía un empuje maravilloso para su plan... aunque sintió que le daba mil vueltas el estómago.

–Vamos.

El abarrotado ascensor en el que entraron les obligó a estar muy juntos el uno del otro y Paige no pudo evitar estremecerse al sentir la respiración de él en su nuca. Respiró profundamente y la fragancia de Trent la embargó por completo. Poco a poco, los demás ocupantes del ascensor fueron saliendo hasta que ambos se quedaron a solas. Pero él no se movió de detrás de ella.

Paige pensó que estaba claro que Trent se sentía atraído por ella, por lo que no comprendía por qué no actuaba en consecuencia. Se percató de que tal vez era porque pensaba que ella quería algo más serio que una aventura pasajera. Según sus hermanas, eso asustaba a cualquier hombre.

Cuando las puertas se abrieron al llegar a la planta treinta y seis, tragó saliva y se obligó a salir del ascensor. Él la adelantó y, al hacerlo, le rozó la cadera brevemente con la mano. Paige sintió que un cosquilleo le recorría el cuerpo. Entonces, muy tensa, lo siguió.

Al llegar a la puerta de su suite, Trent la abrió y la sujetó para que ella entrara...

Aunque ya había estado a solas con él en una suite, no había estado completamente sobria ni había sentido tanta química entre ambos como en aquella ocasión.

Trent señaló el minibar. Parecía no recordar ni estar preocupado por su desafortunada experiencia.

–¿Quieres tomar algo mientras me cambio?

–No, gracias –contestó ella. Una luz parpadeante en el teléfono captó su atención–. Tienes un mensaje.

–Lo comprobaré más tarde –respondió él, mirando el teléfono fijamente.

Entonces entró en el dormitorio y cerró la puerta firmemente tras de sí.

Paige se preguntó si conseguiría romper la férrea barrera que había construido Trent a su alrededor. Se acercó a la ventana del salón y, mientras admiraba Las Vegas, pensó que, aunque le divertía mucho montar en las montañas rusas, era difícil lograr intimidad rodeados de gente.

Cuando finalmente se abrió la puerta del dormitorio, él salió vestido con un jersey de cuello en pico color crema y unos pantalones negros. Estaba realmente sexy.

–Tal vez vamos a tener que cambiar de planes. Parece que hace bastante viento. Cierran muchas de las atracciones al aire libre si hay un tiempo inclemente. Deberíamos telefonear antes de ir al hotel.

Trent se acercó al teléfono y marcó para hablar con recepción.

–Póngame con el hotel Sáhara, por favor.

Ella analizó la figura de él mientras estaba al teléfono y se percató de que, si con traje de chaqueta estaba increíble, con pantalones vaqueros estaba absolutamente impresionante. Era toda una invitación al pecado. Incluso tuvo que contenerse para no acercarse a tocarle el trasero…

Se preguntó a sí misma por qué, después del desastre del año anterior, estaba allí. Y supo que había subido a la suite porque la química que había entre ambos aquel año era demasiado intensa como para resistirse a ella. Nunca antes había temblado de necesidad ni se había ruborizado simplemente con pensar en el sexo. Jamás había experimentado una atracción como aquélla.

–¿Está esta noche en funcionamiento Speed, The Ride? –preguntó Trent–. Gracias –añadió antes de colgar. Entonces se dirigió a Paige–. Tenías ra…

Ella intentó borrar el deseo que reflejaba su cara, pero, a juzgar por la repentina actitud defensiva de él, supo que no lo había logrado.

–La montaña rusa estará cerrada hasta que deje de haber viento –dijo Trent.

–Podríamos pedir que nos suban algo de cenar a la suite y ver si el viento ha cesado cuando terminemos de comer.

–Paige…

–Trent, no me interesa mantener más que una breve aventura, si es eso lo que te preocupa. No pretendo enamorarme de nuevo, ni casarme, así como tampoco quiero tener muchos hijos. Lo que me gusta es mi carrera y mi sueño de ver el mundo.

Tras decir aquello, dio un paso adelante y, al ver que él no se echaba para atrás, dio otro.

–Tal vez tú estés acostumbrado a sentir una pasión tan abrumadora que no te deja pensar, pero yo no. Esta química que compartimos… esta conexión… no existía el año pasado y me gustaría explorarla.

Como todavía percibió bastante reticencia por parte de Trent, continuó hablando.

–Sí, admito que tengo miedo. Me preocupa que, como la vez anterior, no seamos capaces… que nuestros esfuerzos no… marchen bien. Pero es un riesgo que quiero correr… si tú también quieres hacerlo.

Al permanecer él en silencio, ella se cruzó de brazos y se acercó de nuevo a la ventana.

–Quiero saber… no, necesito saber si el problema fue tuyo, nuestro… o si fue simplemente por mí.

De nuevo, Trent se quedó aturdido ante la franqueza y vulnerabilidad de Paige. Sintió que un intenso deseo se apoderaba de su cuerpo, desestabilizándole por completo al plantearse disfrutar del exuberante cuerpo de ella.

Invadido por la curiosidad, se preguntó a sí mismo qué demonios habría ocurrido entre su hermano y Paige. Aunque nunca le había gustado inmiscuirse en los asuntos personales de Brent, necesitaba saberlo. Maldijo a su gemelo por haber hecho sentir tan vulnerable a aquella mujer, cuyos ojos reflejaban un gran dolor y falta de seguridad en sí misma.

La necesidad de consolarla se apoderó de él, aunque era consciente de que si la tocaba, podría debilitar lo poco que todavía le quedaba de autocontrol. Pero su mano le acarició la mejilla casi como por propia voluntad y ella se echó hacia delante.

–Paige, eres muy guapa, atractiva y tan sexy que me duele la mandíbula de controlar las ganas de saborearte.

–¿Qué te detiene? –preguntó ella con la esperanza reflejada en la cara.

Trent se planteó que quizá no haría ningún mal si le daba a Paige lo que quería, un breve romance, y con ello le demostraba que ella no era la culpable de lo que hubiera ocurrido con Brent. La besó y sintió que los aterciopelados labios de Paige se separaban para darle la bienvenida. Su lengua lo recibió a la entrada de su boca.

Ella tenía un sabor estupendo... maravilloso. Intentó aminorar el ritmo de aquel beso para prolongar la estimulación erótica que le gustaba mantener antes del acto sexual, pero la entusiasta respuesta de Paige desató en él un hambre carnal difícil de controlar. La abrazó con ambos brazos y la atrajo hacia su cuerpo. El calor que desprendía la piel de ella, la presión de sus pechos y la deliciosa humedad de su boca provocaron que, invadido por la pasión, sintiera que su miembro viril se endurecía...

Paige lo abrazó por el cuello. Suspiró profundamente y se echó sobre su cuerpo. Trent renunció a luchar contra el deseo que estaba sintiendo e introdujo los dedos en el sedoso pelo de ella, le echó la cabeza para atrás y profundizó el beso.

Ella se movió y, al hacerlo, rozó con la pelvis la de él, que sintió que una intensa necesidad le recorría el cuerpo. Aturdido, le acarició entonces el trasero e introdujo las manos por debajo de sus braguitas. Paige tenía una piel suave y aterciopelada, pero sentirla no era suficiente. Quería verla... quería ver cada deliciosa curva de su cuerpo.

A continuación subió las manos hasta sus pechos, los cuales acarició por encima del sujetador. Sintió los endurecidos pezones de ella bajo sus pulgares y comenzó a juguetear con ellos, a incitarlos, hasta que Paige no pudo más y emitió un profundo gemido mientras echaba la cabeza para atrás. Él hundió la cara en su cuello y se impregnó de la deliciosa fragancia de ella.

–Es estupendo –dijo entonces Paige.

Al oír aquello, a Trent se le revolucionó el corazón. Supo que tenía que verla, acariciarla, saborearla. Le quitó la camiseta por encima de la cabeza. Pudo ver que un sujetador negro cubría sus firmes y pálidos pechos. Hundió la cara en su escote y su fragancia le alteró por completo. Entonces le desabrochó el sujetador y la devoró con los ojos. Tomó sus preciosos pechos con las manos y le incitó los pezones con los pulgares. Al encogerse de hombros ella, el sujetador cayó al suelo.

Paige tenía unos pechos estupendos y los pezones muy endurecidos; parecían suplicar que la boca de él los tomara. Trent obedeció su instinto y se introdujo uno de ellos entre los labios. Lo incitó con la lengua para, a continuación, hacer lo mismo con el otro.

Observó que ella tomaba la hebilla de su cinturón, ante lo que una fiera hambre lo devoró por dentro. Impaciente por ver y saborear el resto de aquella mujer, la tomó en brazos y la llevó al dormitorio de la suite. La besó ardientemente en la boca y la dejó en el suelo junto a la cama.

Entonces, por encima de las botas negras de cuero que llevaba, le quitó los pantalones y las braguitas, tras lo cual la incitó a sentarse en el borde de la cama, donde se dio un auténtico festín visual.

Las piernas de Paige, desnudas salvo por las botas, le hicieron la boca agua. Un denso triángulo de vello rubio oscuro marcaba su próximo objetivo. Al percatarse de que ella ya estaba húmeda y preparada para él, se sintió aún más excitado.

A diferencia de las delgadas modelos con las que normalmente salía, Paige tenía unas caderas robustas, una cintura fina y unos grandes pechos.

–Paige, eres tan extremadamente bella que me estoy volviendo loco de deseo. Siente lo mucho que te ansío –dijo, tomándole la mano y poniéndola sobre su erección. Pero, en ese momento, se percató de que si ella le agarraba el sexo, no podría garantizar tomarse aquello con calma…

Se agachó para bajarle la cremallera de una bota, tras lo cual se la quitó e hizo lo mismo con la otra.

Paige le acarició los hombros y el cuello. Él sintió que un estremecimiento le recorría el cuerpo y se dijo a sí mismo que no iba a hacer las cosas despacio, que no iba a tomárselo con calma. Se enderezó, se quitó el jersey y comenzó a desabrocharse el cinturón.

–Déjame ayudarte –pidió ella, levantándose. Pero no tomó el cinturón, sino que comenzó a acariciarle los pectorales.

Poco a poco, bajó las manos hasta la hebilla de su cinturón en lo que fue una auténtica agonía para Trent. Cuando por fin le desabrochó el cinturón, hizo lo mismo con los pantalones y acarició con delicadeza la abultada erección que se perfilaba por debajo de sus calzoncillos. Pero entonces lo agarró con la suficiente presión como para lograr que gimiera… y la mirada que le dirigió mientras lo hacía casi lo desarmó por completo.

Él se bajó los pantalones y los calzoncillos hasta las caderas. Ella fue a tomarlo de nuevo, pero Trent se apartó.

La sonrisa de la cara de Paige se desvaneció. Ésta se tapó entonces los húmedos y excitantes rizos que cubrían su sexo. Su cara reflejó una gran vergüenza.

Enojado, él no comprendió qué había ocurrido para que ella se sintiera tan insegura de sus encantos.

Decidió que, fuera lo que fuera, iba a lograr que se olvidara de ello antes de que la noche terminara. La agarró por los hombros y, delicadamente, la acercó hacia sí. La abrazó y comenzó a besarla de nuevo. Su erección quedó presionada contra la tripa de Paige y sintió la necesidad de penetrarla cuanto antes. Pero decidió contenerse. Sintiendo que un estremecimiento le recorría por dentro, dejó de besarla y hundió la cara en su cuello.

Ella volvió a acariciar su erección…

–Lo tienes muy erecto…

–No por mucho tiempo si continúas haciendo eso.

–¿No te gusta cuando te toco? –preguntó Paige, apartando la mano.

–Dios, sí. Demasiado. Lo que ocurre es que si continúas tocándome, mi plan de hacerte suplicar misericordia se va a ir al traste.

La sorpresa se reflejó en los ojos de ella, que esbozó una tímida sonrisa. La picardía de aquel gesto provocó que él se apresurara a quitarse los zapatos y los calcetines, así como el resto de la ropa que tenía puesta, en un tiempo récord. Volvió a besarle el cuello, tras lo cual lo acarició con la lengua y le mordisqueó la oreja. Entonces comenzó a besarla por todas partes… le besó los pechos, los pezones, los hombros, el ombligo…

Al acercarse a su sexo, sintió que Paige entrelazaba los dedos en su pelo.

–Trent, espera. No es necesario. Ya estoy… umm… preparada.

Él la agarró por el trasero y la sujetó al intentar ella apartarse.

–Saborearte es muy necesario. Pero no sé si puedes llegar al orgasmo estando de pie.

—No lo sé… —contestó Paige, ruborizada—, pero estoy deseando descubrirlo.

—Estupendo —respondió Trent, comenzando a chuparla.

Le acarició el centro de su feminidad con la lengua y el delicioso sabor de ella le explotó en la boca. Deseó más, mucho más. Entonces comenzó a succionarle, a acariciarle con la lengua y a mordisquearle los pliegues de su sexo. Sintió que Paige comenzaba a temblar cada vez con más intensidad hasta que arqueó la espalda y todo su cuerpo se sacudió con fiereza.

En ese momento le mordisqueó un muslo y la miró a la cara. Observó como respiraba agitadamente. Le besó de nuevo la tripa y los pechos…

—No puedo esperar para estar dentro de ti —dijo, tomándola en brazos. La colocó en el centro del colchón.

—Yo también estoy deseándolo.

En ese momento, él recordó que necesitaban protección.

—Necesitamos un preservativo. No te muevas.

Se apresuró a ir al cuarto de baño, donde tomó un par de preservativos, y regresó al dormitorio. Allí, delante de Paige, se puso uno. Sintió una increíble excitación al hacerlo, ya que ella le había clavado la mirada encima. Pero, entonces, la cara de Paige reflejó cierto nerviosismo. Para tranquilizarla, tomó uno de sus pies…

—¿Qué estás haciendo? —preguntó ella, impresionada.

—Esto —contestó él, acariciando con la lengua el dedo gordo del pie de Paige. A continuación se lo introdujo en la boca y lo chupó apasionadamente.

Ella gimió y se echó sobre la cama.

–Oh, es fantástico. Vaya… nunca me habían… quiero decir que el que te besen los pies es… increíble.

Muy excitado, Trent le chupó y besó el resto de los dedos, el empeine, el tobillo, la pantorrilla, la parte de detrás de la rodilla… tras lo cual continuó dándole besos por el muslo. Paige comenzó a temblar incluso antes de que él llegara a su sexo…

Trent la tomó de nuevo por el trasero y se dispuso a volverla loca de placer. Tardó menos de un minuto en conseguir que tuviera otro orgasmo.

Pero él ya no podía esperar más. Se posicionó sobre su cuerpo para penetrarla y ella separó las piernas para recibirlo. Una agradable y caliente sensación le dio la bienvenida al mismo tiempo que Paige tomó su boca y comenzó a besarlo. Sintió su sexo completamente lubricado a cada movimiento que hacía y no pudo contenerse durante más tiempo.

Intentó respirar profundamente antes de comenzar a hacerle el amor de manera apasionada. Sintió que ella le incitaba los pezones con los dedos y que el orgasmo se apoderaba de su cuerpo una vez más. Su erección notó los espasmos internos de Paige y, en ese momento, perdió el control. Un intenso clímax se apoderó de sus sentidos y no pudo evitar caer hacia delante. El éxtasis que recorrió sus terminaciones nerviosas fue increíble.

Ella comenzó a acariciarle el cuello y la espalda pero, en aquel preciso momento, él se percató de la realidad de la situación. A pesar de la atracción que existía entre ambos, jamás había planeado acostarse con Paige. Se recriminó a sí mismo haberla subido a su suite. Se tumbó de espaldas junto a ella y pensó que, por muy maravilloso que hubiera sido el sexo que acababan de practicar, deseaba poder dar marcha atrás en el tiempo.

Comenzó a preguntarse a sí mismo si Paige estaría comparándolo con su hermano... o, mejor dicho, si estaba comparando el sexo que había practicado el año anterior con el de aquel año.

Necesitaba despejarse y pensar en una nueva estrategia. Si se llegaba a saber que se había acostado con la ex amante de su hermano, sería un desastre.

A pesar de la evidencia que había visto de lo contrario, una parte de él había querido creer que era cierto lo que había dicho Brent acerca de que Paige elegía a un hombre nuevo con el que acostarse en cada convención. Pero sabía que aquello no era verdad.

Él mismo se acostaba con mujeres frecuentemente, pero eran mujeres que no querían ninguna atadura emocional, sólo querían satisfacer sus necesidades, al igual que él. Después de alcanzar el orgasmo, estaban deseando marcharse por su lado. No había falsas promesas.

Pero Paige no era como aquellas mujeres. Sus tentativas caricias y vacilantes besos le habían demostrado que ella quería complacerle y no autosatisfacerse.

Supo que, en realidad, Paige quería una relación seria y no una simple aventura.

Capítulo Siete

Satisfecha, Paige suspiró y se acurrucó en la cama de Trent. Pensó que era increíble la diferencia que el transcurso de doce meses podía suponer. Haber hecho el amor con él aquel año había sido una experiencia maravillosa, mientras que lo que había ocurrido el año anterior había sido terrible y humillante.

No sabía qué decirle. No podía preguntarle qué había cambiado sin recordarle el desastre del año anterior. Sin duda, eso estropearía el momento.

Se giró y observó que Trent estaba tumbado a su lado con la cabeza apoyada en la almohada. Estaba frunciendo el ceño y mirando al techo.

Una nefasta sensación se apoderó de su estómago. Se preguntó si él estaba arrepintiéndose. Pensó que el sexo que habían practicado había sido el más increíble de toda su vida y le extrañaba que para Trent no lo hubiera sido también.

Entonces él la miró con una mezcla de reserva y arrepentimiento reflejada en los ojos.

—Puedes ducharte tú primero —dijo.

—Podríamos ducharnos juntos —contestó ella.

—Ve tú primero. Yo voy a echarle un vistazo a la carta del servicio de habitaciones —comentó Trent con gran desinterés.

Abatida, Paige deseó poder taparse la cabeza con la sábana. Pero sabía que eso no resolvería nada.

Él se levantó y se dirigió al cuarto de baño. Ella observó su firme trasero y sintió que la excitación se apoderaba de nuevo de su cuerpo. Oyó que sonaba la cadena del váter y que corría el agua del lavabo. Cuando Trent regresó al dormitorio, observó que se había puesto un albornoz… el cual llevaba muy bien atado. Tenía otro en la mano y lo dejó a los pies de la cama.

–Tómate tu tiempo.

Tras decir aquello, se marchó de la habitación. Se llevó consigo toda la calidez y el oxígeno que en ésta había. Paige se tapó con la sábana hasta el pecho y oyó como él se movía por el salón. Asimismo oyó que abría la nevera y que echaba en un vaso varios cubitos de hielo.

Sintiéndose muy insegura, tomó el albornoz y se dirigió al cuarto de baño. Se puso un gorro de ducha y se duchó rápidamente. Se preguntó si había hecho algo mal o si simplemente él tenía aquellos altibajos innatamente. Tras secarse, se percató de que había dejado su ropa esparcida por toda la suite… y la mitad estaba en el salón, donde se encontraba Trent.

Volvió a ponerse el albornoz y regresó al dormitorio. Sorprendida, se quedó paralizada. Su jersey, pantalones, sujetador y braguita estaban cuidadosamente colocados sobre la cama. Trent debía de haberlos puesto allí. No supo si lo había hecho por ser amable o porque estaba deseando librarse de ella.

Se planteó que podía actuar como una cobarde, vestirse y marcharse… o podía intentar mantener lo que había logrado. Porque había logrado algo. Había estado por primera vez con un hombre desde su ruptura, había dado el primer paso para alcanzar el futuro que había planeado cuando se había mudado a Las Vegas. Había comenzado la fiesta catorce meses tarde pero, aun así, había progresado.

Respiró profundamente y decidió quedarse vestida con el albornoz. Entonces se dirigió al salón. Vio que Trent estaba mirando por la ventana y que tenía en la mano un vaso que contenía un líquido ambarino. Todavía tenía el pelo alborotado... seguramente por sus dedos.

No parecía ser alguien que acabara de practicar el mejor sexo de su vida. Pero lo más probable era que tuviera mucha más experiencia que ella. Quizá para él no había sido tan estupendo.

—El cuarto de baño es todo tuyo —le dijo, reuniendo todo su coraje.

—He pedido que nos suban la cena a la habitación —contestó Trent, dándose la vuelta.

El frío tono de voz que empleó él provocó que Paige se estremeciera.

—¿Trent? ¿Ocurre algo? ¿No has disfrutado de lo que hemos hecho?

Él se bebió de un solo trago el resto de su bebida y dejó el vaso sobre una mesa cercana.

—Sí, claro que he disfrutado. Pero ha sido un error.

—¿Por qué? ¿Por qué ha sido hacer el amor un error? —preguntó ella, atormentada.

—No hemos hecho el amor —respondió Trent, esbozando una mueca—. Ha sido sólo sexo.

Paige se forzó a no hacer un gesto de dolor, aunque, en realidad, tuvo que reconocer para sí misma que aquello era cierto.

–Eso es simple semántica –contestó.

–¿Durante cuánto tiempo estuviste con tu último amante? –preguntó él.

–¿Importa eso? –respondió ella. Aquélla no era una conversación que quisiera mantener.

–Contéstame.

–Siete años.

–Eso pensé. Paige, no puedo ser el hombre que necesitas.

Ella pensó que si no fuera por su orgullo, aquél sería un buen momento para huir.

–Ahí es donde te equivocas, Trent. Tú fuiste lo que yo necesitaba hace unos minutos. Un tipo divertido y bueno en la cama.

–No puedo ofrecerte nada más que… –comenzó a decir él, indicando con la mano la sala– esto. A pesar de lo que dices, no creo que seas de las mujeres a las que sólo les gusta mantener aventuras pasajeras.

–Te equivocas. Adoro mi trabajo y no renunciaría a él por un hombre… por ningún hombre –respondió Paige, que necesitaba convencerlo de que ella era precisamente de aquella manera–. Tú vas a marcharte dentro de tres o cuatro días, ¿no es así?

–Dentro de cinco.

–Entonces te sugiero que aprovechemos ese tiempo al máximo.

En completo silencio, Trent la miró fijamente a los ojos.

–¿Voy a perder a mi compañero de atracciones debido a esto? –preguntó Paige para romper el hielo.

–No. Si llega el servicio de habitaciones cuando yo esté en la ducha, dales la propina que he dejado en esa mesa. El resto lo cargarán a la factura de la habitación —explicó él, desapareciendo a continuación por la puerta del dormitorio.

Mientras se lavaba el pelo, Trent pensó que todo aquello era un desastre. El dolor que habían reflejado los ojos de Paige cuando la había dejado sola en la cama le había impactado mucho.

Pensó que, mientras que acostarse con ella y abandonarla inmediatamente después tal vez diera como resultado que ella huyera tanto de Brent como de él mismo, no impediría que saliera con Donnie.

En el teléfono que había en el cuarto de baño observó la luz que indicaba que había un mensaje. Salió de la ducha y comenzó a secarse la espalda con mucho vigor. Luego cerró la puerta del cuarto de baño, tomó el teléfono y presionó el botón para escuchar los mensajes.

—Hola, Trent. Soy Nicole. La familia de tu novia tiene sus dudas acerca de subir a un avión privado y volar al otro extremo del país. Así que te telefoneo para decirte que… no tengo ninguna novedad. Te volveré a llamar si cambian de opinión.

Aquélla no era la respuesta que él había querido oír. Comprobó la hora en el reloj de la pared y calculó la diferencia horaria. Nicole todavía estaría despierta, por lo que la telefoneó a su casa.

—Buenas noches, Trent —contestó su hermana al reconocer su número en el identificador de llamadas.

—¿A qué te refieres con eso de que los McCauley tienen dudas? Les estoy ofreciendo unas vacaciones gratis y HAMC tiene el mayor nivel de seguridad en vuelo que se conoce.

Nicole se rió.

–¿Conoces ese viejo dicho que advierte de que cuando algo parece demasiado bueno para ser cierto normalmente lo es? Los McCauley quieren comprobar por ellos mismos la situación de HAMC y nuestros niveles de seguridad antes de montar a sus preciadas hijas en el avión de un extraño. Ahora que voy a ser madre, los comprendo. Yo haría lo mismo.

–Nicole, convéncelos –contestó Trent, sintiendo como la tensión se apoderaba de él.

–Trent, lo estoy intentando –respondió ella con la impaciencia reflejada en la voz.

–No tenemos mucho tiempo.

–Ya lo sé. Me has pedido, no… me has ordenado que haga un milagro. Como ya te he dicho en mi mensaje, te telefonearé cuando tenga novedades. Adiós –se despidió Nicole, colgando a continuación.

Él se quedó mirando el teléfono. Su hermana le había colgado… por primera vez en su vida.

Desconcertado y preocupado, pensó que iba a tener que mantener a Paige en un puño durante un poco más de tiempo… por lo menos hasta que estuviera seguro de que su familia viajaría a Las Vegas para distraerla.

Pero, alarmado, se dio cuenta de que mantenerla a su alrededor no era algo duro. Si no fuera por el miedo constante a ser descubierto en su mentira, incluso disfrutaría de su compañía… además del hecho de que Paige era realmente buena en la cama. Aunque volver a acostarse con ella sería todo un error. Cuanta más intimidad compartieran, más extrema podría ser la reacción de Paige cuando la dejara… a no ser que lo que había afirmado ella acerca de que sólo quería una aventura pasajera fuera cierto. Pero él tenía sus dudas al respecto.

Abrió la puerta del cuarto de baño y entró en el dormitorio, el cual estaba vacío. Observó que la ropa de Paige todavía estaba donde él mismo la había dejado, lo que implicaba que no se había marchado... pero que tampoco se había vestido.

Pensó que él no iba a pasearse por la suite en albornoz; no quería poner a prueba innecesariamente su fuerza de voluntad. Se puso unos pantalones vaqueros y una camiseta.

Se dio cuenta de que, en vez de estar satisfaciendo sus deseos personales, debía estar reunido con los invitados a la convención para realizar conexiones valiosas.

Necesitaba un nuevo plan. Si la familia de Paige se negaba a viajar, tenía que encontrar otra manera de quitarla de en medio antes de que llegaran Brent y Luanne.

Cuando regresó al salón, se encontró a Paige acurrucada en los cojines del sofá. Estaba leyendo una de las revistas del hotel. Había una gran bandeja con la cena en la mesa que había delante de ella.

—La cena está lista —dijo Paige innecesariamente, dejando a un lado la revista.

—Entonces comamos —respondió él, sintiendo un gran apetito.

Ella levantó la tapa de uno de los platos y, al hacerlo, su albornoz se abrió levemente y dejó al descubierto el perfil de uno de sus pechos. Trent casi podía verle el pezón y tuvo que contenerse para no dejarse llevar por las intensas ganas que sintió de introducirle la mano por el escote para disfrutar de la aterciopelada piel de sus pechos.

Tuvo que admitir que Paige tenía un cuerpo estupendo y que cualquier hombre disfrutaría al verlo. Parte de su encanto residía en el hecho de que no se esforzaba en ser sexy. Era algo natural. Mientras ella quitaba el resto de las tapas de los platos, él se percató de que había algo atractivo en la manera en la que se movía, una confianza y seguridad en sí misma que dejaban claro que se encontraba muy cómoda en su piel.

Volvió a mirarle el escote. Se preguntó a sí mismo cómo iba a concentrarse en la comida si los pechos de ella le estaban tentando tanto. Una intensa tensión se apoderó de su pelvis.

—¿No preferirías que nos sentáramos a cenar a la mesa del comedor?

—Sería mucho lío llevar todo hasta allí. Has pedido demasiada comida; hay cuatro platos principales, tres aperitivos y dos botellas de vino, más una tarta de chocolate.

—No estaba seguro de lo que te gustaría.

—Cualquiera de estas cosas —contestó Paige, mirándolo a la cara—. Pero tengo una noticia para ti, Hightower; vas a tener que compartir la tarta.

Entonces tomó un poco de glaseado del dulce con un dedo y se lo llevó a la boca. De nuevo, pareció ser un movimiento completamente natural, no uno destinado a seducirlo. Pero deliberadamente o no, la libido y la presión arterial de él se dispararon…

En aquel preciso momento se percató de que lo único que evitaría que volviera a llevar a Paige a su cama aquella noche sería que dejara de respirar.

***

Paige cerró los ojos e intentó no gemir de placer al dar un bocado a la deliciosa tarta, la cual hacía honor a su nombre: Éxtasis de Chocolate.

–¿Por qué no te marchaste a Manhattan con tu ex novio? –preguntó Trent, estropeando aquel magnífico momento.

Ella tragó la tarta, tosió, respiró con dificultad y tomó su copa de vino para tratar de aliviar el nudo que se le había formado en la garganta.

–Ya te lo dije. Por motivos laborales. Su oportunidad estaba allí y la mía aquí.

–Hay cientos de hoteles en Nueva York. Yo he estado en unos cuantos –insistió Trent–. Podrías haber trabajado allí también.

Paige dejó su tenedor en la mesa. Ya nada podría despertarle de nuevo el apetito.

–Nuestras vidas nos llevaron en direcciones diferentes.

–Pasaste siete años con él. ¿Por qué renunciar a todo en aquel momento?

–¿Importa eso?

–No te lo preguntaría si no importara.

Ella tragó saliva, pero el amargo sabor que tenía en la boca no desapareció.

–Mi ex novio no quería que yo lo acompañara. Dijo que una chica de pueblo como yo no encajaría en su nuevo estilo de vida urbano.

–Tu ex novio es un idiota.

–Mis hermanas y tú compartís esa opinión –comentó Paige, sonriendo ante el apoyo que le estaba ofreciendo él–. ¿Y tú qué? ¿Algún antiguo amor importante?

–No.

Ella esperó a que Trent dijera algo más, pero él no lo hizo.

–¿No? ¿Haces que te cuente algo tan íntimo para luego sólo darme un «no»? No puede ser.

–Digamos que no estoy convencido de que una mujer pueda ser fiel y no quiero tener que estar preguntándome en qué cama está mi pareja por la noche cuando no está conmigo.

–¿Es por tu madre? Dijiste que tuviste una hermana sorpresa. Tu madre debió de haber tenido por lo menos una aventura.

–Más de una –aclaró él.

–Lo siento, Trent. No puedo imaginarme una situación así. Mis padres han estado siempre juntos. Este año van a celebrar su treinta y seis aniversario de bodas. Eso está bien, ya que, en mi pueblo, si alguno de los dos hubiera sido infiel, la noticia habría llegado a casa antes que ellos mismos.

–¿Echas de menos tu pueblo? –preguntó él, frunciendo el ceño.

–Sí. Es duro de creer, pero echo de menos a los vecinos curiosos, el restaurante local, el autocine y la calle Principal. Echo de menos a mis padres pero, sobre todo, a mis hermanas. Estábamos muy unidas. Lo compartíamos todo; el cuarto de baño, el maquillaje, la ropa, los zapatos… Cuando vine a Las Vegas, pensé que no tener que seguir compartiendo ese tipo de cosas sería estupendo. Y lo fue… durante un mes.

–¿No tenías privacidad cuando vivías en Charleston?

–Estaba lo bastante cerca de casa como para que mis hermanas fueran a pasar conmigo fines de semana o noches esporádicas. Por lo menos las veía una vez a la semana… –contestó Paige.

–Si las echas tanto de menos, ¿por qué no regresas a casa? Y no me pongas la excusa del centro de convenciones de este hotel. También hay hoteles que celebran convenciones en Carolina del Sur.

–Hay varias razones para que no regrese. La primera, porque la gente de mi pueblo no olvida. Kelly, mi hermana mayor, siempre será la McCauley soltera a la que su novio abandonó. Y yo siempre seré «la pobre Paige» a la que su novio del instituto dejó plantada. Pero yo soy más que eso. Eso sólo fue una pequeña parte de mi vida, no la suma de toda ella. Y si sigues con este tema, voy a necesitar oreos.

–¿Las galletas?

–No puedes tratar temas tan tristes sin tener galletas oreo. Seguro que las has probado y has sentido el poder reconfortante de su chocolate.

–No.

–¿Nunca has probado una oreo? Pobre hombre. Mis hermanas y yo siempre devoramos una caja cuando alguna de nosotras tiene una crisis.

–¿Tuviste tú muchas crisis?

–Estamos hablando de una casa llena de mujeres emotivas –contestó Paige–. Siempre hay alguna crisis. Ésa es la segunda razón por la que quise marcharme. Yo era la que lo arreglaba todo y la mediadora de la familia. En cuanto había algún problema, mis hermanas esperaban que hablara con ellas y que las ayudara a tomar las decisiones adecuadas. Me cansé de ser la cabeza de turco cuando las cosas no salían como ellas deseaban. Quería que mis hermanas aprendieran a resolver sus propios problemas. Fue muy duro, pero tuve que arriesgarme a que fracasaran.

–No habría ocurrido gran cosa si fracasaban –respondió Trent.

–Desde luego que sí. No quiero ser dramática, pero estamos hablando de decisiones de vida o muerte. Cuando mi hermana mayor se quedó embarazada, quiso que yo le dijera si debía quedarse con el bebé o si debía abortar. Yo no podría haber vivido con su odio durante el resto de nuestras vidas si ella hubiera seguido mi consejo y, después, se hubiera dado cuenta de que había sido un error. También hubo otras cosas importantes, pero el embarazo de Kelly fue el punto de inflexión en mi decisión de ser menos accesible.

–¿Y si se equivocan?

–Cometerán errores y espero que aprendan de ellos, así como también espero que las lecciones que obtengan no sean demasiado dolorosas –dijo ella, que pensó que ya habían hablado demasiado sobre su familia–. ¿Estáis unidos tus hermanos y tú?

Trent jugueteó con la cola de una de las langostas de la cena.

–Trabajamos juntos.

–¿Y fuera del trabajo?

–No formamos un grupo de amigos.

–Pero… sois familia.

–Solemos reunirnos por Navidades en algún lugar del mundo –respondió él sin emoción alguna.

–¿En algún lugar del mundo?

–Mi madre lo elige cada año… normalmente algún lugar del que ha oído hablar o que ha descubierto durante sus viajes. Y allí vamos todos.

–¿Dónde vais este año?

–Todavía no lo sé.

–Pero los billetes... Espera, supongo que si tenéis una empresa aérea no necesitáis realizar reserva alguna.

–No. Nuestros pilotos nos llevan a donde les digamos siempre que les informemos con una antelación de cuatro horas o incluso menos.

Paige pensó que tanta libertad infinita parecía emocionante, pero al mismo tiempo triste y solitaria... a pesar de tener el mundo a sus pies.

–¿Vives en la misma ciudad que tus hermanos y, aun así, sólo os reunís por Navidades?

–Y en las juntas directivas. Ahora que una de mis hermanas está embarazada, está intentando forzarnos a que pasemos juntos más tiempo.

–¿Forzaros? Es una pena que no disfrutéis de vuestra mutua compañía –comentó Paige. A continuación se levantó y se dirigió a la nevera para tomar una lata de soda. Pensó que, si seguía bebiendo vino, iba a terminar muy mal.

Cuando se dio la vuelta, vio que él estaba mirándola fijamente.

–¿Qué?

–Estaba observando la manera en la que te mueves. Es... no sé la palabra exacta. Única. Deliberada. Poderosa. Sexy.

–Mi madre nos inscribía en ballet y gimnasia desde que teníamos cinco años hasta que cumplíamos los dieciséis. Decía que era la única manera en la que nuestra casa, que estaba llena de niñas poco femeninas, podía tener una oportunidad de ser elegante.

–¿Tú eres poco femenina? A juzgar por tus sexys vestidos y zapatos de tacón, jamás lo hubiera dicho. Claro que, tu afición por las montañas rusas debería haber sido una pista –comentó Trent.

Paige sintió que florecía de nuevo en ella algo que llevaba muerto desde que David le había dicho que no quería llevarla con él a Nueva York. Desde aquel momento había intentado con todas sus fuerzas erradicar cualquier aspecto de su personalidad que hiciera obvio que era una chica de pueblo. Por eso le molestaba tanto su acento sureño; era lo único que no había podido dominar. Pero no había dejado de intentarlo.

—Recuerda que las chicas McCauley crecimos trabajando en una ferretería. Yo solía ser mucho menos… femenina. Me esforcé en cambiar algunas cosas antes de venir a Las Vegas.

—Eres una mujer preciosa, Paige.

Ella se quedó sin aliento. Pensó que él no podía haber dicho nada más perfecto.

Trent la miró de arriba abajo, se levantó del sofá y se acercó a ella.

—¿Qué es lo que más odias acerca de no estar junto a tu familia?

—Odio tener que tener mucho cuidado con cada palabra que digo cuando telefoneo a casa —se sinceró Paige.

—¿Y por qué haces eso? —quiso saber él, poniéndose detrás de ella.

—Quizá porque he engañado un poco a mi familia sobre lo mucho que me divierto aquí.

Trent volvió a ponerse delante de Paige y, al hacerlo, tiró del cinturón de su albornoz con la suficiente fuerza como para aflojar el nudo.

—¿Por qué has hecho eso?

—En casa, mis hermanas y yo salíamos juntas, pero aquí tengo que hacerlo sola. Al principio intenté salir, pero no me sentía cómoda. Y entonces ocurrió lo... nuestro. Después de la manera en la que terminaron las cosas aquella noche... digamos que decidí tomarme un descanso y centrarme en mi trabajo. Pero no quiero que mis hermanas piensen en mí como la pobre Paige que está sentada sola en casa. Por lo que... les hablo mucho de los lugares de moda de Las Vegas.

–Lugares que no has visitado –dijo Trent, poniéndose otra vez tras ella.

–Mis hermanas han asumido que he estado en ellos y yo no las he corregido. Cuando voy en coche paso por la puerta de muchos de esos locales y leo los folletos informativos de sus actividades, ya que son competencia del Lagoon. Así que... sé algunas cosas. Y... entonces tú regresaste a mi vida –comentó Paige, respirando profundamente–. Pensé que era una buena oportunidad para empezar de nuevo.

–Quítate el albornoz –le ordenó entonces él al oído.

–Oblígame –respondió ella, cruzándose de brazos.

–¿Estás retándome? –preguntó Trent, poniéndose delante de ella.

–Eso parece –contestó Paige, sintiendo que se le aceleraba el pulso.

Él la tomó por los hombros y la acercó a su cuerpo. Entonces le dio un apasionado beso y le separó las piernas con el muslo para, a continuación, presionar el centro de su feminidad.

Ella no recordaba haberse excitado nunca tanto debido a un beso. Lo abrazó por el cuello y le devolvió el beso con la intención de demostrarle lo mucho que lo deseaba.

No comprendió cómo podía reaccionar de aquella manera ante alguien que no amaba, alguien a quien pretendía utilizar para luego apartar de su camino. Sintió que Trent introducía las manos por debajo de su albornoz y le acariciaba la piel. Éste le incitó los hombros, la espalda, la cintura y, finalmente, el trasero. Entonces presionó la pelvis contra la suya y su dura, así como larga erección, reposó sobre su tripa.

Impaciente por sentirlo de nuevo sobre su piel, Paige se quitó el albornoz y lo dejó caer al suelo.

A continuación introdujo las manos por debajo de la camiseta de él y acarició su musculoso abdomen, así como sus fuertes pectorales. Incitó sus diminutos y tensos pezones con las uñas y oyó como Trent gemía de satisfacción.

Tomó el dobladillo de su camiseta y se la quitó por encima de la cabeza. Él dejó de besarla durante el tiempo suficiente para quitarse el resto de la ropa que llevaba puesta, tras lo cual se quedó de pie delante de ella… desnudo, orgulloso y muy excitado…

Ella se puso de rodillas y acarició la erección de Trent con la lengua.

–Paige… –gimió él.

Sin saber si Trent deseaba que se detuviera o que continuara, ella se introdujo su pene en la boca.

–Es estupendo –murmuró él.

Paige lo saboreó con pasión. Le incitó la punta del sexo con la lengua mientras que con las manos le acariciaba el trasero, los muslos y los testículos.

Trent tembló y la agarró por los brazos para obligarla a ponerse de pie.

–No estaba… –comenzó a decir Paige.

—Pero yo estaba a punto de hacerlo —respondió él, mirándola fijamente con sus ojos azules verdosos—. Eres increíble, pero quiero estar dentro de ti cuando alcance el orgasmo.

Tras decir aquello, le tendió la mano y ella puso su palma sobre ésta. Entonces la guió al dormitorio, donde se sentó en la cama. Tomó un preservativo de la mesita de noche, se lo colocó y extendió los brazos.

—Guíame, Paige.

Con el corazón revolucionado, ella se subió a la cama, se sentó sobre la pelvis de Trent y, despacio, se penetró con la dura erección que tenía debajo del sexo. Él la abrazó por la espalda y la atrajo hacia sí para poder chupar uno de sus pezones mientras con la mano izquierda le incitaba el otro.

La combinación de dedos, dientes y lengua, así como la seductora succión que estaba realizándole Trent con la boca, provocó que Paige sintiera que se le derretían los músculos.

Mientras le hacía el amor, él encontró su clítoris y comenzó a incitarlo con los dedos.

—Agárrate al cabecero de la cama —le ordenó a ella.

La pasión entre ambos aumentó y Trent puso todo su empeño en lograr que Paige alcanzara la cima del placer cuanto antes… cosa que ocurrió a los pocos instantes. Los gemidos de ella se hicieron muy intensos al sentirse invadida por un espasmo tras otro de éxtasis.

Él la tomó por la nuca, la echó para delante y ahogó sus gemidos con un beso. A continuación la agarró por la cadera y le hizo el amor con apasionamiento hasta que un intenso alivio se apoderó de su cuerpo, el cual se estremeció bajo el de ella.

Al sentir que Trent la abrazaba por la cintura, Paige no quiso moverse ni separarse de él, que era el amante que siempre había soñado encontrar… uno con el que podía jugar y compartir pasión. Temió que quizá estuviera involucrándose sentimentalmente más de lo que había pretendido hacer.

Tenía que recordar que aquello era una aventura pasajera, ya que, si no lo hacía, lo único que iba a garantizar era que se le rompiera el corazón.

Capítulo Ocho

Paige comenzó a dar vueltas por la suite de Trent mientras esperaba que él regresara. Al pasar junto a los lugares donde ambos habían hecho el amor, sintió que se excitaba a pesar de la preocupación de que si él no regresaba pronto, ella iba a llegar tarde por segunda vez en una semana. Milton nunca la perdonaría.

Entonces llegó Trent con una bolsa al hombro. Paige se apresuró a acercarse a él, tomó la bolsa y abrió el plástico.

–Gracias, gracias, gracias. No sé qué habría hecho si no hubiera dejado en el coche esta ropa que recogí de la tintorería. No puedo llevar hoy la misma ropa que ayer y no tengo tiempo de ir a casa.

–Estabas bien con ese conjunto. Podrías repetirlo.

–Gracias otra vez –contestó ella, que sabía que los hombres no comprendían que ninguna mujer que se respetara a sí misma debía llevar dos días seguidos la misma ropa al trabajo. Entonces se dirigió al dormitorio, donde dejó la ropa sobre la cama.

Se quitó el albornoz justo en el momento en el que Trent entraba por la puerta. La pasión que reflejaron los ojos de él la alteró por dentro.

–Ni siquiera pienses en ello. Ambos llegaríamos tarde.

La noche anterior había sido impresionante. Se habían quedado en la suite y habían conectado a un nivel más profundo que el simplemente físico. Y, aquella mañana, él se había ofrecido voluntariamente a bajar a su coche para llevarle el vestido que ella había recogido de la tintorería para que, de aquella manera, tuviera tiempo de ducharse y maquillarse. Desde la mañana que había llegado tarde, había decidido llevar siempre en su bolso un set de maquillaje.

Al ir a tomar el sujetador que había llevado el día anterior, esbozó una mueca.

—No puedo llevar el mismo sujetador de nuevo, pero no tengo ropa interior limpia.

—Pues no te pongas ropa interior —comentó Trent, que estaba apoyado en el tocador mientras observaba cómo ella se vestía.

Tenía un aspecto impresionante vestido con un traje de chaqueta negro y una impoluta camisa blanca. Con sus gemelos y reloj de oro, tenía el aspecto de un millonario.

—No puedo ir por el hotel sin braguitas.

—¿Quién va a saberlo?

—Tú. Y yo.

—Estoy seguro de que el saberlo me volverá loco durante todo el día.

—Muy gracioso, Hightower —contestó Paige, poniéndose su vestido verde esmeralda.

—Reúnete conmigo aquí para comer —ordenó él.

—Tú tienes un almuerzo de negocios y yo tengo una reunión con Milton, mi jefe.

—Puedo faltar a uno de esos aburridos almuerzos.

—Te telefonearé al móvil cuando termine con Milton y quizá podamos vernos.

Trent se acercó a ella y le dio un apasionado beso en los labios. A continuación le acarició el trasero.

—Te veré en unas horas.

Aturdida, Paige se percató de que lo que estaba sintiendo por él no era un simple capricho. Estaba enamorándose de Trent Hightower, un hombre que la abandonaría tal y como ya había hecho David.

Trent no podía concentrarse. La idea de Paige paseándose por el hotel sin braguitas le había perseguido durante toda la mañana. Trató de centrarse en la reunión, pero le resultó imposible. Entonces notó que su teléfono móvil vibraba en su bolsillo. Se le revolucionó el corazón y pensó que sería Paige. Por fin. Se disculpó con los demás asistentes a la reunión y se dirigió a una solitaria esquina de la sala.

—Ya era hora de que me telefonearas —dijo al responder la llamada.

—Bueno, hola a ti también, hermano.

Era Nicole. No Paige. Se quedó muy decepcionado.

—¿Qué noticias tienes?

—Las hermanas McCauley me han dado un sí provisional. Si todo marcha según lo planeado, llegarán a Las Vegas en tu avión el domingo por la mañana.

Él no comprendió por qué no se sentía más entusiasmado ante las buenas noticias que le acababa de dar Nicole. Pero supo que era porque aquello implicaba que le quedaban menos de setenta y dos horas con Paige. En cuanto llegaran sus hermanas, éstas ocuparían su tiempo.

Aquello era precisamente lo que había querido, pero, aun así, sintió un gran peso en el pecho.

–Buen trabajo. Gracias.

–Oye, ¿estás bien? –le preguntó Nicole.

–Estoy bien.

–Pues no pareces muy contento por el éxito de tu plan.

–Estoy en medio de una reunión –puso de excusa Trent.

–Oh, lo siento. No pensé que quisieras esperar hasta esta noche para escuchar el mensaje en tu contestador.

–Efectivamente. Gracias por telefonear –contestó él, cortando la comunicación.

Mientras se metía el teléfono en el bolsillo, pensó que su plan estaba en marcha... aunque con algunos sensuales contratiempos que le estaban costando un preciado tiempo de trabajo. Pero no se arrepentía de ello.

Decidió que iba a disfrutar del tiempo que tuviera con Paige, tras lo cual las hermanas de ésta la monopolizarían desde que aterrizaran el domingo por la mañana. Él tenía planeado marcharse el lunes y así tener tiempo para organizar sus ideas antes de la crítica reunión de la junta directiva del martes.

Todo marchaba según lo que había planeado, por lo que no comprendió por qué todavía se sentía inquieto.

Su teléfono volvió a vibrar. Pero, en aquella ocasión, comprobó la identidad de la persona que llamaba. Paige. Sintió que la adrenalina le recorría las venas.

–¿Has terminado con tu jefe?

–Sí.

–Pues reúnete conmigo en mi suite.

–Si nos vemos en tu suite, ninguno de los dos comerá. Es mejor que nos encontremos en los ascensores del vestíbulo principal; voy a enseñarte mi lugar favorito del hotel.

Trent esbozó una sonrisita y, por primera vez desde que había aceptado el cargo de director de HAMC, se marchó en medio de una reunión…

Paige estaba de pie en la cima del mundo… o, por lo menos, lo más cerca de ésta que había estado hasta aquel momento.

Su paraíso personal consistía en un precioso invernadero que había en la azotea de la torre más alta del hotel. Allí no podían subir los clientes, pero ella frecuentemente escapaba a aquel lugar.

–Siento como si desde aquí pudiera ver el mundo –comentó sin mirar a Trent.

Al haberse percatado de que sus sentimientos habían pasado de la lujuria al amor, le resultaba difícil mirarlo a los ojos, ya que sentía un intenso miedo de que él fuera a descubrirlo.

–Pero seguramente lo que he dicho le parecerá una tontería a un hombre que ha viajado por todo el mundo.

Trent, que tenía en una mano la cesta de picnic que ella había tomado prestada de la cocina, observó las impresionantes vistas que tenían delante.

–No, no me lo parece. Las vistas son increíbles.

–Cuando miro la Torre Eiffel del Hotel París, me imagino el día en el que visite la de verdad, en París. Me ocurre lo mismo con el Hotel Venetian. Algún día iré a Venecia y montaré en una góndola de verdad.

Él se acercó a ella y le puso una mano en el hombro.

—Te encantarán ambas ciudades. Siento el hecho de que no estaré allí para compartirlas contigo.

Paige se quedó sin aliento ante la sinceridad que reflejó la voz de Trent y el vacío que aquellas palabras crearon en ella. Tener juntos un futuro jamás había sido parte de su plan y recordarlo la entristeció. Pero no se atrevía a mostrarlo por el miedo a asustarle.

—Ése es el jardín privado de nuestro chef —dijo entonces, indicando la estructura de cristal que había en el centro de la azotea—. Tengo mucha suerte de que le guste compartirlo conmigo. Cultiva muchas de sus hierbas aquí arriba.

—¿Subes aquí a solas con él?

—Desde luego.

—¿Cuántos años tiene ese tipo?

—Es de la edad de mi padre. Se hace llamar Henri y estudió en una escuela culinaria francesa, pero no le digas a nadie que su verdadero nombre es Henry ni que fue un chico de granja de Georgia. Ha vivido en Europa el suficiente tiempo como para borrar cualquier rastro de Georgia de sus raíces.

—¿Es por eso por lo que te cae bien? ¿Porque ha logrado borrar sus raíces sureñas?

Paige asintió con la cabeza.

—Yo estoy intentando perder mi acento.

—No lo hagas. Es encantador.

—Dices eso porque eres de Tennessee y lo sureño te parece normal. Pero me he percatado de que tú no tienes acento.

—Los colegios privados y las niñeras internacionales lograron acabar con él —contestó Trent.

–¿Tenías niñeras?

–Mis padres solían viajar mucho y dejarnos en casa.

–Mis hermanas y yo jamás fuimos cuidadas por extraños. Nos teníamos las unas a las otras. Mis hermanas mayores me cuidaron a mí y yo cuidé a mis hermanas pequeñas. No hay nada como saber que tu familia siempre estará ahí para ti sin importar lo mal que se pongan las cosas.

–Envidio la relación que tienes con tu familia –respondió él, mirando el horizonte.

–Me doy cuenta de que no estás muy unido a tus hermanas, pero… ¿y a tu hermano?

–Mi padre nos crió para que fuéramos competidores, no amigos.

–Lo siento –dijo Paige, dándole un apretón en el brazo–. Mis hermanas y yo podemos ser competitivas, pero, en última instancia, somos el equipo McCauley. Si te metes con una de nosotras, te enfrentas a todo el grupo.

La triste expresión que reflejó la cara de Trent provocó que ella se estremeciera.

–Sígueme –le indicó, intentando cambiar de asunto–. La mesa de picnic está ahí.

Ambos se dirigieron a la mesa. Al sentarse, Paige se quitó las botas.

–Otra cosa que echo de menos de Carolina del Sur son las estaciones del año. Me gusta el frío en diciembre, no como aquí, que no necesitamos ni una chaqueta.

–Te gustaría Knoxville. Tenemos nieve y cuatro estaciones muy diferenciadas.

Ella tomó la cesta de picnic de la mano de Trent y

la dejó sobre la mesa para comenzar a sacar la comida. Tenían pollo, verduras y, desde luego, postre.

–¿Oreos? –preguntó él, tomando la caja de galletas.

–Nadie debería perderse la experiencia oreo –contestó Paige, sacando dos vasos de la cesta.

–¿Incluso aunque no haya crisis?

–Especialmente sin crisis. He traído leche para que podamos mojarlas.

Trent miró entonces el invernadero.

–¿Cada cuánto sube aquí el chef a por hierbas?

–Sólo por las mañanas. ¿Por qué?

–Estaba preguntándome si nos interrumpiría si te llevo al invernadero.

La pasión que reflejaron los ojos de él provocó que ella sintiera como la excitación le recorría el cuerpo.

–No… no lo sé. Pero, si me pillaran, probablemente me despedirían.

–¿Quieres arriesgarte?

–No –respondió Paige, que no quería tener que regresar a su casa llena de vergüenza.

–¿Estás segura?

En aquel momento ella no estaba segura de nada… salvo de que despedirse de Trent iba a dolerle mucho.

–Sí.

Él le tomó la cara con las manos y la besó.

–Tienes hasta el lunes para cambiar de idea.

Paige se repitió una y otra vez a sí misma que no debía hacerlo.

Pero, el viernes por la tarde, apretó el botón intro de su ordenador. En la pantalla aparecieron dos ofertas de trabajo como coordinador de eventos de hotel… en la zona de Knoxville. Se sintió como una estúpida y cerró la ventana de la pantalla. Trent y ella no compartirían nada más a partir del lunes… aunque él tenía todo lo que había soñado que debía tener un amante.

Al oír que sonaba su teléfono móvil, se apresuró a contestar.

–Paige McCauley. ¿En qué puedo ayudarle?

–Puedes ayudarme si le pides a tu chef que comparta su recipiente para hacer galletas de chocolate –contestó su hermana más pequeña.

–¡Sammie, qué sorpresa! ¿Has regresado a casa de la universidad?

–Sí, estoy de vacaciones y, claro está, tengo que trabajar en la ferretería. Pero estoy en mi descanso para comer y he decidido telefonearte. ¿Cómo te va?

–Estoy saliendo con un tipo muy ardiente –dijo Paige que, por primera vez, no tuvo que inventarse nada–. Hemos disfrutado juntos de numerosas montañas rusas.

–Papá se sentirá celoso de que lo hayas sustituido. Dame detalles.

–Trent es alto, rubio, guapísimo, fuerte, elegante, divertido y sexy. Tiene los ojos más impresionantes que jamás he visto y…

–Veo que no sabes qué decir. ¿Qué vais a hacer en Navidades?

–Voy a quedarme por aquí. No habrá ninguna convención durante las vacaciones, pero mucho personal del hotel se marchará a otros lugares –contestó Paige, sintiéndose culpable, ya que ella también tenía las vacaciones programadas para aquellas fechas–.

Si tengo tiempo libre iré… iremos a visitar algunos de los lugares de moda. ¿Y vosotros? ¿Vais a hacer lo de siempre?

–Ya sabes cómo son las cosas.

–Sí –dijo ella, que echaba mucho de menos su hogar–. ¿Ya habéis adornado el árbol de Navidad?

–Sí. ¿Hay alguna posibilidad de que estés mintiendo y que vayas a venir a vernos?

–No. Ojalá.

Un extraño silencio se apoderó de la comunicación en aquel momento.

–¿Qué ocurre, Sammie?

–Hay algo que tal vez deba contarte. Kelly y Jessie van a matarme si se enteran de que te lo he contado, pero… necesitas saberlo. Para que estés preparada cuando regreses a casa…

–Está bien. Dime.

–David ha vuelto –dijo su hermana.

–¿De visita? –preguntó Paige, impresionada.

–Para quedarse. Lo despidieron de la empresa a la que fue a trabajar a Nueva York. Está trabajando en el City Bank.

Impresionada ante aquellas noticias, Paige trató de contener sus emociones, ya que lo último que quería era la compasión de su hermana.

–Siento oír todo eso. Estaba muy emocionado con su trabajo en Manhattan.

–Para serte sincera, yo creo que el muy estúpido obtuvo lo que se merecía.

Resentida, Paige pensó que el abandono de David, debido al cual se había marchado de su casa, iba a mantenerla alejada de ésta durante mucho tiempo. No volvería hasta que no estuviera preparada para soportar los comentarios de la gente o hasta que pudiera hacerlo de manera triunfal… si llegaba a vivir de verdad la emocionante vida que la gente creía que vivía.

–Deséale lo mejor de mi parte la próxima vez que lo veas –dijo en el tono más alegre que pudo.

–Hermana, alguien tiene que enseñarte a hacerles pagar a los hombres el daño que te hacen.

–Sammie, mira dónde estoy ahora. Trabajo en un lujoso hotel de Las Vegas; es lo que siempre había soñado. La vida me sonríe. David me hizo un favor.

Al percatarse de que lo que había dicho era cierto, Paige se quedó sin aliento. Si se hubiera casado con David, habría tenido que aceptar cualquier trabajo que le hubiera permitido estar con él. Los sueños y la carrera de su ex novio siempre habrían sido la prioridad.

Sintió como si se hubiera quitado un peso de los hombros, aunque sabía que cuando llegara el lunes, iba a sentirse peor que nunca…

Capítulo Nueve

El viernes por la noche, Trent comprobó de nuevo la hora en su reloj de pulsera mientras esperaba en el abarrotado vestíbulo del acuario del Lagoon.

–¿Tienes prisa por llegar a algún sitio?

Vaya… Donnie.

–He quedado para cenar.

–¿Con nuestra guapa rubia?

Trent se sintió irritado ante aquel «nuestra», pero prefirió ignorar el malicioso comentario.

–Sí.

–Paige es un dulce y pequeño bocado. Claro que, yo siempre he sentido debilidad por las chicas sureñas. Según parece, tu hermano también.

Aquello alarmó mucho a Trent. Se dio cuenta de que Donnie sabía que Brent había estado con Paige el año anterior.

–No quiero entretenerte –dijo–. El humorista que va a actuar esta noche es muy bueno.

–No me importa el humorista. Así que compartís vuestras mujeres en la familia, ¿eh? ¿Le gusta a Paige el rollo de los gemelos?

Trent apretó los puños. Tuvo que contenerse para no darle un puñetazo a Donnie.

–Eso no es de tu incumbencia.

–Juraría que vi a Brent con tu placa el año pasado.

–Tal vez deberías comentarle a tu oculista tus problemas de visión.

–Ahí está nuestra chica –comentó entonces Donnie al ver a Paige acercarse.

–¿Conoce tu esposa la relación que mantienes con la asistente de Sapphire Electronics? Benita ha trabajado durante las anteriores tres convenciones, ¿no es así? –le preguntó entonces Trent, utilizando una táctica que odiaba. Pero no le había quedado otro remedio.

El pánico se reflejó brevemente en los ojos de Donnie.

–Buena jugada, Hightower.

–Buenas noches, señores –dijo entonces Paige al llegar junto a ellos.

–Bueno… –comenzó a decir Donnie, mirándola de arriba abajo– estás estupenda. Buenas noches.

–Hola, Donnie.

Trent sintió un enorme afán protector respecto a Paige al percatarse de lo inocente que era.

–Donnie tiene que marcharse a cenar –comentó, posicionándose entre éste y ella–. Vamos.

–Estoy seguro de que tengo tiempo para tomar algo con vosotros en el bar –dijo Donnie.

–Pero nosotros no podemos –respondió Trent, agarrando a Paige por el hombro. La guió hacia la puerta del hotel, pero se dio cuenta de que ella llevaba en la mano la bolsa con la ropa de la tintorería–. Te has llevado la ropa de mi suite.

–La señora de la limpieza me dejó entrar. Espero que no te moleste, pero como limpian tu suite dos veces al día, las encargadas de la limpieza habrían visto mis braguitas sucias sobre tus sábanas y las habrían tenido que quitar para hacer la cama. Sólo de pensarlo me puse enferma.

—Podrías haberme telefoneado —contestó él, a quien no le gustaba que nadie invadiera su intimidad.

—Lo habría hecho si tú no hubieras estado dando un seminario cuando me acordé. Lo siento si te he hecho sentir incómodo. No lo volveré a hacer.

—Olvídalo. Vamos a tu casa y, desde allí, podemos ir a la cafetería NASCAR y a la montaña rusa que nos toca probar hoy.

Entonces la acompañó a su coche y abrió la puerta del conductor para ella.

Al sentarse Paige en el asiento de su vehículo, Trent recordó que ella no llevaba braguitas, lo que le excitó muchísimo; en realidad, no se había quitado aquel pensamiento de la cabeza en todo el día. Miró a su alrededor y comprobó que no había nadie.

—Deberías aparcar más cerca de una cámara de seguridad. No hay ninguna en esta zona —comentó, colocándole las manos sobre las piernas.

—¿Qué haces? —preguntó ella, sorprendida.

—¿Sabes lo mucho que me excita saber que puedo tocarte aquí? ¿Así? —respondió él, subiendo las manos por sus muslos...

—Trent —le reprendió ella en un escandalizado susurro.

Él encontró los rizos de Paige, sus húmedos rizos, e introdujo los dedos entre sus pliegues.

—Estás muy húmeda. ¿Te ha excitado el estar sin ropa interior todo el día?

—Tal vez —dijo ella, mordiéndose el labio inferior. Tragó saliva a continuación.

Trent comenzó a acariciarle el sexo y Paige sintió que se le agitaba la respiración.

–No podemos hacer esto aquí –aseguró, agarrándole la mano.

Él sabía que no debían hacerlo. Los espectáculos públicos nunca habían sido su estilo. Hasta aquel momento. Pero Paige provocaba que quisiera romper toda clase de reglas. No sabía qué demonios le había hecho aquella mujer, pero quería que ella alcanzara un orgasmo… en aquel momento.

–Tú quieres.

–Sí –concedió Paige, mirándolo fijamente.

–Nadie puede vernos, te lo aseguro. Permite que ocurra –insistió Trent, continuando con su caricia.

Llegó un momento en el que los músculos de ella se pusieron tensos y le temblaron los muslos, ante lo cual se llevó una mano a la boca. Pero no pudo ahogar por completo sus gemidos al alcanzar el orgasmo.

Él estaba tan erecto que hasta le dolía, pero decidió esperar a llegar a casa de Paige para tenerla desnuda. Le dio un fugaz beso en los labios, tras lo cual se llevó los dedos a la boca para saborear con la lengua su esencia.

–Vamos a tu casa.

Ella suspiró y esbozó una gran sonrisa.

–Creo que será mejor que conduzcas tú. Tengo las piernas demasiado débiles.

Impresionado, Trent se percató de que iba a echar de menos aquella sonrisa…

A pesar de que acababa de disfrutar de un orgasmo, Paige todavía estaba muy excitada. Se preguntó si Trent terminaría lo que había comenzado en el aparcamiento del hotel.

Abrió la puerta de su apartamento y la sujetó para que él entrara.

–Pasa.

Trent pareció extrañamente vacilante… sobre todo teniendo en cuenta que le había hecho derretirse en sus brazos no hacía más de diez minutos.

–Trent, no soy una «viuda negra». No mato a mi compañero una vez que éste me ha dado lo que quiero.

–Me alegra oír eso –respondió él.

–Tengo una botella de South Carolina Riesling en la nevera. ¿Te gustaría que te sirva un vaso mientras me cambio?

–No, gracias –contestó Trent, mirando una de las fotografías que había en el salón–. Dime quién es cada una de tus hermanas.

Paige se acercó a él y tomó la fotografía que le había indicado.

–Ésta es Kelly, mi hermana mayor. Y éste es su pequeño, Nate.

–¿El niño que casi no tiene? –preguntó Trent, mirándola a los ojos.

–Sí. Nate es otra de las cosas que echo de menos. Está creciendo muy rápido –dijo Paige, recordando de inmediato que a los hombres no les gustaba que las mujeres hablaran mucho de bebés, ya que les ponía nerviosos–. La siguiente es Jessie, que es agente inmobiliario, luego está Ashley, que es enfermera y, finalmente, Sammie.

–La que pronto va a ser profesora.

–Efectivamente. ¿Tienes tú alguna fotografía de tus hermanos?

–No.

–¿Ninguna? ¿Ni siquiera en tu ordenador portátil?

–No. Pero supongo que eso cambiará cuando mi hermana y mi cuñada den a luz.

–¿Tienes a dos mujeres embarazadas en la familia?

–Sí.

–Pues está claro que vas a necesitar tener una cámara a mano. Los bebés crecen tan rápido… –Paige se reprendió a sí misma por haber hablado de nuevo de bebés–. Si quieres, podemos cenar aquí, relajarnos, y dejar la montaña rusa para mañana.

–No. Iremos a la cafetería NASCAR en cuanto te cambies de ropa.

–¿Estás seguro? No me importaría tenerte a ti como postre –comentó ella, ruborizada ante su propio descaro.

Pero la pasión que reflejaron los ojos de él le hizo sentirse contenta de haber sido atrevida.

–Volveremos a tratar ese tema cuando hayamos montado en la montaña rusa.

–Está bien –concedió Paige–. ¿Me bajas la cremallera, por favor? –añadió, dándole la espalda.

Trent le bajó la cremallera del vestido, el cual cayó al suelo. Ella se quedó delante de él, vestida sólo con sus botas. Entonces se agachó para recoger el vestido, tras lo cual se dio media vuelta y se marchó, no sin antes mirar para atrás para comprobar si él estaba excitado. El bulto que tenía Trent tras la cremallera de sus pantalones premió su valentía. Sonrió y pensó que tal vez Jessie había tenido razón cuando había dicho que seducir a un hombre era más divertido que salir de compras.

–Ahora vuelvo.

Se apresuró en dirigirse a su dormitorio pero, repentinamente, oyó movimiento tras ella y sintió que él le agarraba la muñeca. Trent le dio la vuelta y la apoyó contra la pared. Entonces apretó la pelvis contra la suya.

—Eres una provocadora, Paige McCauley –comentó sin malicia… pero con un peligroso brillo reflejado en los ojos.

—Oh, por favor, tú me has hecho alcanzar un orgasmo en un aparcamiento.

—¿Estás quejándote? –preguntó él, acariciándole todo el cuerpo antes de encontrar la sensible perla de su entrepierna.

Paige gimió al comenzar Trent a incitarla con la presión exacta. En pocos segundos el deseo se apoderó por completo de su cuerpo.

—No, pero yo también quiero complacerte.

—Pues comprueba que lo estás haciendo –comentó él, tomando la mano de ella y colocándola sobre su erección.

Paige restregó la mano sobre los pantalones de Trent para excitarlo aún más. Satisfecha, notó que la erección de él se ponía aún más tensa. Entonces la besó apasionadamente. Ella le desabrochó los pantalones y le bajó la cremallera para poder introducir la mano dentro. El calor que desprendía Trent le quemó la piel incluso a través de los calzoncillos, por lo que no pudo contenerse más y le bajó la ropa interior para poder tomar su caliente erección con la mano.

Él dejó de besarla para respirar profundamente y sintió que Paige comenzaba a acariciarle el sexo. Invadido por la pasión, echó la cabeza para atrás.

—La manera en la que me tocas es… estupenda.

Aquellas palabras llenaron a Paige de satisfacción.

Observó que Trent sacaba un preservativo del bolsillo trasero del pantalón y se apresuraba a ponérselo.

–Esta noche, lo primero es el postre –comentó él, levantándole una pierna y penetrándola a continuación.

Ella se aferró a los hombros de Trent mientras éste le hacía el amor cada vez más intensamente. Entonces sintió como le cubría los pechos con sus fuertes manos y como jugueteaba con sus pezones. Una deliciosa sensación se apoderó de todo su cuerpo.

Él hundió la cara en el cuello de ella y se lo chupó con fuerza. Aquello provocó que Paige sintiera un estremecimiento por dentro y que se aproximara a alcanzar la cima del placer, momento en el que Trent comenzó a penetrarla con mucha fuerza y rapidez, lo que la llevó a no poder contenerse más y a sentir que unos intensos espasmos de placer le recorrían el cuerpo.

Pero él no aminoró el ritmo. Paige le clavó las uñas en la espalda y acompasó todos y cada uno de los movimientos de su amante. Repentinamente, Trent gimió profundamente y se puso rígido. Su cuerpo se sacudió en varias ocasiones antes de caer sobre el de ella, que le acarició el pelo y la cara. Pensó que amaba a aquel hombre e iba a perderlo.

Aunque se percató de que las cosas serían así si ella no hacía nada para evitarlo.

Recordó que había perdido a David porque éste no le había importado lo bastante como para haber luchado por él. Pero no iba a dejar que Trent se alejara de ella tan fácilmente. Decidió que, al día siguiente, iba a buscar de nuevo en Internet ofertas de trabajo en Knoxville.

Después ya encontraría alguna manera de convencerlo de que no debía dejar pasar de largo una relación tan estupenda como la que tenían.

La ya familiar emoción que se apoderó de Trent al abrir la puerta de su suite el sábado por la noche no tenía nada que ver con aviones o montañas rusas... sino con la voluptuosa rubia que estaba monopolizando su tiempo y sus pensamientos.

Haberse despertado en los brazos de Paige aquella mañana había sido... estupendo, como si finalmente estuviera donde tenía que estar. Se había despertado antes del amanecer y se había quedado tumbado en la cama de ella. Había disfrutado mucho al observar como dormía. A pesar de la gran cantidad de trabajo que le esperaba en el hotel, había querido mandarlo todo al infierno, despertar a Paige con un beso y hacerle el amor... para después pasar el resto del día a solas con ella en su apartamento.

Haberse dado cuenta de sus deseos le había asustado enormemente, por lo que durante el día había trabajado a un ritmo frenético para intentar compensar el tiempo perdido.

Dejó su maletín junto al escritorio y se aflojó la corbata. No comprendía qué le había ocurrido el día anterior; había perdido el control. Tras lo ocurrido en el aparcamiento del hotel, le había hecho el amor a Paige contra la pared de su apartamento. Y, después de haber montado en la montaña rusa y haber compartido el vino que ella había guardado en la nevera, había vuelto a poseerla, en aquella ocasión en el suelo del salón, tras lo cual la había llevado a su dormitorio. No había sido capaz de saciarse.

Pero una extraña sensación de urgencia se había apoderado de él aquel día. Sabía que era debido a que sólo le quedaban quince horas a solas con Paige antes de que llegaran las hermanas de ésta. Quince horas para absorber todo su encanto sureño. Una noche más. Sólo una noche más con ella.

Exactamente como lo había planeado. Pero no era suficiente. Quería más. Deseaba…

Deseaba a Paige.

Se había enamorado de la ex amante de su hermano.

Un estremecimiento le recorrió el cuerpo. Se llevó una mano a la cabeza y se dirigió al minibar para servirse un whisky, que se bebió de un solo trago. Pensó que había convertido aquella situación en un desastre al haberle mentido a Paige.

Si quería tener en su vida durante más de una semana a la mujer de la que se había enamorado, tendría que arriesgarse a decirle la verdad.

Se sirvió otra copa y pensó que ella le había hecho sentir algo más que simplemente ambición y enfado hacia su padre por haberle forzado a aceptar la dirección de HAMC. Paige le había devuelto a la vida al retarle a dejar la celda en la que él mismo se había encerrado.

Pero, para tener una oportunidad con ella, debía convencerla de que lo perdonara por haberla engañado. Decidió decirle la verdad, pero lo haría tras la visita de sus hermanas. El lunes, él se marcharía para asistir a la junta del martes, pero regresaría a Las Vegas antes de que las hermanas de Paige se marcharan el miércoles. Quería conocerlas. Y, después, deseaba ganarse el corazón de la mujer que amaba…

***

Paige sintió que unos cálidos labios le recorrían la espina dorsal.

–Paige… despiértate.

–Mmm.

Trent le mordisqueó entonces el trasero, con lo que la despertó por completo.

–Tengo una sorpresa para ti –le dijo, tumbado junto a ella en la cama de su suite–. Tienes que vestirte.

–¿Una sorpresa? –preguntó Paige, emocionada–. ¿Qué es?

–Algo que va a gustarte –contestó él–. Pero, primero, debes ducharte.

–¿Tengo que estar vestida para esa sorpresa?

–Sí.

Ella deseó confesarle en aquel mismo momento lo mucho que lo amaba, pero sabía que Trent no estaba preparado para asumirlo. Se preguntó a sí misma cómo había pasado, cómo había permitido que aquel hombre con el que se suponía que iba a haber mantenido simplemente una relación esporádica, se hubiera apoderado de su corazón.

–¿Vas a venir conmigo a la ducha? –le preguntó.

–Esta vez… no. Dúchate tú primero.

–Pero es domingo –respondió Paige, levantándose de la cama–. La convención ha terminado. Puedo pasar todo el día contigo.

–Bien… venga, dúchate. Pediré el desayuno para ambos.

Ella se apresuró en ducharse y maquillarse. No dejó de preguntarse qué clase de sorpresa le tendría preparada él… y si sería la primera o la última que le daría.

Cuando llegó al salón, el olor a beicon, huevos y tostadas embargó sus sentidos. Trent le ofreció una taza de café recién hecho.

Paige pensó que podría acostumbrarse a mañanas como aquélla. Tomó una rodaja de piña y le dio un bocado. Justo en ese momento, sonó su teléfono móvil. Se acercó a tomarlo del tocador que había al otro lado de la sala.

–Trabajo –refunfuñó al ver que la telefoneaban del Lagoon.

–Contesta.

–Paige al habla.

–Hola, Paige. Soy Andy, de recepción. Tenemos… un asunto del que debes ocuparte.

–¿Un asunto? –dijo ella, enfurecida. No quería que nada le robara ni un minuto de su tiempo con Trent.

–Sí.

–¿Cuál es el problema?

–Yo, umm… no podría decírtelo con exactitud.

Paige pensó que seguramente el problema consistía en un cliente difícil. Miró a Trent, pero éste se había dado la vuelta.

–Supongo que el problema está de pie delante de ti, ¿no es así?

–Efectivamente.

–¿No está Janice, la gerente de servicio?

–Ella ha dicho que este tipo de asunto es tu especialidad.

–Voy para allá –contestó entonces Paige, resignada. A continuación colgó el teléfono y se acercó a Trent, que estaba junto a la ventana–. Tengo que marcharme; me necesitan en recepción. ¿Puede esperar tu sorpresa hasta que regrese?

–Desde luego –respondió él, incapaz de contener una sonrisa.

–Entonces te veré dentro de poco. Te… –ella se controló a tiempo antes de confesarle que lo amaba–, hasta luego –añadió, apresurándose a salir de la suite antes de decir alguna tontería.

Cuando llegó al vestíbulo del hotel, una cara familiar captó su atención. ¿Trent? ¿Ya vestido? No podía ser. Acababa de dejarlo en la planta de arriba con un albornoz puesto. Observó que la mujer que estaba junto a aquel hombre tomaba a éste por la nuca y le daba un apasionado beso en los labios. Él la abrazó y le respondió con entusiasmo. Una extraña sensación se apoderó de ella, que en aquel preciso momento se percató de que aquella mujer estaba embarazada.

El hombre levantó la mirada y ella sintió que se le paraba el corazón.

Era la cara de Trent, pero al mismo tiempo no era él.

Impactada, se percató de que era el hombre con el que casi se había acostado el año anterior.

Capítulo Diez

Trent Hightower tenía un hermano gemelo.

Paige se quedó entumecida, pero sus pies continuaron andando. Las diferencias entre ambos hombres eran muy leves, pero, en aquel momento en el que ya conocía a ambos, podía distinguirlos claramente.

El hombre que se había presentado ante ella como Trent el año anterior no era tan musculoso ni tenía el carisma que la versión de éste que acababa de dejar en la suite.

En aquel momento comprendió por qué Trent había pasado junto a ella el primer día de la convención como si no la conociera. Nunca la había visto antes. Ambos gemelos afirmaban llamarse de la misma manera pero, obviamente, uno de ellos estaba mintiendo.

Se sintió invadida por el enfado, el dolor y por una profunda sensación de engaño… así como de tristeza. De pérdida. Había pensado que había conocido al hombre de sus sueños, pero, en vez de ello, había conocido a un mentiroso o, peor aún, a un mentiroso impostor.

Decidida a no comportarse como una cobarde, se acercó a la pareja.

–Tú debes de ser el otro hermano Hightower. Me da la sensación de que ya te conozco.

Aquella copia de Trent palideció y se puso tenso. Entonces miró algo que había detrás de ella y su mirada reflejó un gran alivio.

Antes de que Paige pudiera darse la vuelta, una familiar mano se posó en su cintura.

–Paige, ya veo que has conocido a mi hermano gemelo, Brent, y a su esposa, Luanne. Han venido a Las Vegas para celebrar su duodécimo aniversario de bodas.

Ella se percató del tono de advertencia de la voz de Trent y, con sólo mirarlo y ver la tensa expresión que reflejaba su cara, se dio cuenta de que había sabido durante todo aquel tiempo lo que había ocurrido.

Se apartó de su lado y asintió con la cabeza ante la pareja que tenía delante. Intentó asimilar el intranquilizador hecho de que, el año anterior, casi había practicado el sexo con un hombre casado.

Las buenas noticias eran que el hombre con el que se había acostado no era un impostor. Se llamaba Trent. Aunque, aun así, seguía siendo un mentiroso. Ella se había enamorado y él había estado jugando… a un juego muy sucio.

Se preguntó a sí misma si alguna cosa de las que Trent había dicho o hecho había sido sincera, o si él había actuado simplemente para cubrir el intento de adulterio de su hermano. Se sintió utilizada y manipulada.

–Supongo que ésta era mi sorpresa, ¿no es así? –le preguntó a Trent.

–No –contestó él con el arrepentimiento reflejado en los ojos–. ¿No te dijeron que te necesitaban en recepción?

–Sí –dijo ella, que se había olvidado de aquello–. Si me disculpáis, os dejaré para que disfrutéis de vuestra reunión familiar –añadió, dándose la vuelta. Con el corazón roto, se dirigió a recepción. El enfado que sentía fue lo que le dio la energía necesaria para continuar andando.

–Paige –la llamó Trent–. Espera.

Como no sabía qué decir ni si sería capaz de hablar sin romper a llorar, ella aceleró el paso y se introdujo en el casino para atajar.

–Paige –volvió a llamarla él, agarrándola por el codo a pocos metros de la salida del casino–. Permíteme explicarte.

–No tienes que explicarme nada –contestó ella, girándose para mirarlo a la cara–. Hemos tenido una breve aventura, sin ataduras. Era todo lo que yo quería de ti.

–Pero yo quiero más –dijo Trent.

Paige negó con la cabeza y comenzó a dirigirse hacia la recepción.

–Nunca iba a haber habido algo más. Y, aunque así hubiera sido, ¿cómo podría yo confiar en nada de lo que dijeras de ahora en adelante? Vete a casa, Trent. Nos hemos divertido juntos, pero ya se ha acabado. Adiós. Que te vaya bien en la vida.

Detrás de ella, un gritito alteró la paz de la tranquila recepción, un gritito que le resultaba familiar. Era igual que los de Sammie. Se dio la vuelta justo a tiempo de ver a sus hermanas acercarse a ella. Emocionada, comenzó a llorar y observó que éstas le tendían los brazos.

Se apresuró a echarse sobre ellas y dejarse abrazar.

Decidió que había llegado el momento de decir la verdad. Toda la verdad.

Las hermanas McCauley rodearon a Paige y la alejaron de la recepción del hotel.

Trent deseó ir tras ella, pero el dolor que había visto reflejado en sus ojos le había impresionado mucho. Permitiría que hablara con sus hermanas y que se tranquilizara. Pensó que, al día siguiente, antes de marcharse a Knoxville, la buscaría para explicarle todo. Paige comprendería lo que había hecho. Tenía que hacerlo.

–Oye, hermano –dijo Brent, acercándose a él–. ¿Qué me he perdido?

–¿Dónde está Luanne?

–Ha subido a la habitación para descansar.

–Se suponía que no ibais a llegar hasta esta tarde –comentó Trent.

Su hermano se encogió de hombros.

–Luanne se impacientó. ¿Cuál es el problema?

–Paige todavía no sabía nada acerca de ti.

–¿No se lo dijiste?

–No, estaba encubriéndote.

–Espera un momento. ¿Mentiste? –preguntó Brent, impresionado–. ¿Tú? ¿El señor Honestidad? –añadió, riéndose.

Trent apretó los puños al sentir unas intensas ganas de abofetear a su gemelo.

–No debería haberlo hecho –respondió.

Pensó que Paige tenía razón en lo que le había dicho acerca de que había que dejar que los hermanos aprendieran de sus propios errores, ya que, si no, siempre volverían a cometerlos. Brent era el mejor ejemplo de ello. Siempre esperaba que él arreglara sus embrollos.

Se dio cuenta de que debía haber sido sincero con Paige.

–No pasa nada –comentó su gemelo–. Mañana vas a marcharte de Las Vegas y no volverás a ver a Paige durante por lo menos un año.

–La amo –confesó Trent, arrepintiéndose de inmediato de haberlo hecho. Jamás compartía sus secretos o sentimientos.

–¿No fuiste tú el que hace doce años me dijo que nadie podía enamorarse en un par de días?

–Quizá me equivoqué.

–¿Perdona? ¿Tú? ¿Equivocado? Repite eso.

–No –respondió Trent, notando que la irritación que estaba sintiendo hacia Brent aumentaba.

–Yo sé cómo es estar enamorado y desear tanto a una mujer que nada más importa. Y también sé cómo se siente uno cuando quieres hacer a otra persona feliz, tanto que harías lo que fuera. Incluso pedirle a tu hermano su esperma.

–¿Qué? –preguntó Trent, impresionado.

–¿Podemos ir al bar? Necesito beber algo.

–Son las nueve de la mañana.

–Pero en casa es la hora de comer.

Trent guió entonces a su hermano hasta el Blue Grotto, el bar más cercano. El lugar le recordó a Paige, ya que ésta había conocido a Brent allí. Una vez que su hermano hubo pedido una copa y él un café que ni necesitaba ni quería, se dirigió a éste.

–Explícate.

En ese momento el camero les sirvió. Brent se bebió de un trago su whisky y pidió otro.

–No me acosté con Paige. Quería haberlo hecho... ya que ella es muy guapa y ardiente. Pero... amo a mi mujer.

–Luanne y tú estáis siempre peleándoos.

–Es sólo nuestra manera de comportarnos. Ya sabes, te peleas y luego, para reconciliarte, mantienes unas excelentes relaciones sexuales.

–Si amas a Luanne, ¿por qué te enredas con mujeres en bares? ¿Y qué tiene eso que ver con mi esperma?

Cuando Brent lo miró, Trent vio reflejada en los ojos de su gemelo una vulnerabilidad que jamás había visto en la normalmente arrogante mirada de éste.

–Luanne lleva años queriendo tener hijos. Y lo intentamos. Pero mis tuberías... no están muy bien. Cuando ella sugirió que te pidiéramos esperma ya que es idéntico al mío, me dolió. Aquel día me percaté de por qué tú siempre dejabas a tus novias cuando yo me acostaba con ellas. Hay algunas cosas que un hombre no quiere compartir con su hermano gemelo. Hasta aquel momento me parecía divertido que el noventa y nueve por ciento de las mujeres no pudiera diferenciarnos. Pero que Luanne me dijera que tú y yo éramos iguales y que no importaba quién fuera el padre del bebé...

Brent hizo una pausa y se bebió de un trago su segunda bebida.

–Me dolió. Mucho. Después, Luanne sugirió que nos separáramos durante unas semanas. Y, como un idiota, yo intenté demostrar mi... virilidad con otra mujer. Pero no pude.

–¿No pudiste? –preguntó Trent.

–No pude tener una erección.

–¿Con Paige? –Trent pensó que aquello era imposible.

–Con ninguna.

–¿Cómo pudo ser?

–Estoy seguro de que no tengo que explicártelo.

–Brent, eres joven y estás sano. No fumas ni bebes en exceso. ¿Cómo puedes tener una… disfunción?

–Supongo que mi corazón sabía que no quería hacer aquello y me lo impidió.

–No comprendo muy bien lo que quieres explicarme. Dime por qué necesitabas… mi ayuda.

–La calidad de mis espermatozoides no es muy buena.

–Pero Luanne está embarazada y yo no…

–Luanne le pidió a nuestra hermana el nombre del especialista en fertilidad al que acudió ella. En la clínica lograron concentrar mi esperma y… voy a ser papá –dijo Brent con una amplia sonrisa reflejada en la cara.

–Felicidades.

–Es la primera vez que me felicitas.

–Pensaba que estabas equivocándote. Pero ahora veo que no.

–No, no estoy equivocándome. La amo y quiero formar una familia junto a ella. ¿Cómo te enamoraste tú de…? ¿En cuántos días ocurrió?

–No lo sé. Tal vez en cinco, seis días –contestó Trent, recordando los momentos durante los cuales había comenzado a conocer a Paige.

–Bueno, bienvenido al club, hermano –dijo Brent–. Estar enamorado es lo mejor que puede ocurrirte si las cosas marchan bien… y lo más parecido al infierno si van mal.

Tras decir aquello, le puso una mano a su gemelo en el hombro.

–Ahora todo lo que tenemos que hacer es idear un plan para que te ganes su amor de nuevo.

–Está bien. En esta ocasión, no pienso fallar.

–¿Tengo que regresar allí para castrar al malnacido? –gruñó Jessie al terminarse Paige su Margarita.

–Oye –terció Kelly–. He dicho que no debemos preguntarle nada hasta que no se calme.

–¿Cuándo has dado esa orden? –preguntó entonces Paige, mirando a su hermana mayor.

–Mientras le pedías al mozo del hotel que llamara a un taxi.

Paige pensó que debía sentirse agradecida ante el hecho de que sus hermanas le hubieran permitido beber algo y tener tiempo para pensar antes de que comenzara la inquisición.

–Supongo que era por eso por lo que durante el trayecto en taxi habéis cotilleado tanto… aun sabiendo lo mucho que odio los cotilleos.

Las cuatro cabezas de sus hermanas asintieron al mismo tiempo. Jessie le tomó la mano.

–Entonces… ¿tenemos que hacerle daño?

–No, dejémoslo pasar. De todas maneras, se marcha mañana –contestó Paige.

–Siempre tan conciliadora –terció Ashley, indignada–. Venga, Paige, enfréntate a alguien por una vez en tu vida. Luego te encontrarás mejor al haber liberado toda la tensión.

Paige negó con la cabeza y, a pesar de que le dolía el corazón, se rió.

140

–Tómate otra copa y cuéntanos qué ha ocurrido –dijo Ashley, indicándole a la camarera del restaurante en el que habían entrado que se acercara.

–¡Ni siquiera he desayunado todavía!

Kelly señaló su bebida.

–Aquí hay zumo de lima, una rodaja de naranja y una cereza. Es todo un desayuno, pero, si insistes, podemos pedir algo de comer. Aunque tengo que admitir que la comida que nos han servido en el avión era increíble. Pero primero tengo que saber algo, ¿es el impresionante tipo rubio el hombre que nos ha pagado el viaje hasta aquí?

Paige parpadeó. Pensó que todavía no estaba borracha, por lo que no comprendió lo que había oído.

–Espera un momento. ¿No habéis decidido venir a verme para darme una sorpresa? Cuando os vi, pensé que… la llamada de Sammie… ella se aseguró de que yo fuera a estar aquí. Al veros en el hotel, pensé que era mi regalo de Navidad.

–No exactamente. Trent Hightower, de Hightower Aviation Management Corporation, envió su avión privado para buscarnos. ¿Es él el tipo con el que te vimos hablando?

–Sí –contestó Paige, sorprendida.

–También ha reservado varias habitaciones para nosotras en el Bellagio –añadió Sammie.

–No puedo creer que haya hecho eso –dijo Paige, confundida.

Pensó que Trent no podía haberle hecho un regalo mejor. Pero no sabía por qué se había molestado… aunque sospechó que había sido para quitarla de en medio antes de que llegara su hermano. O tal vez porque se sentía culpable por ser tan mentiroso.

141

–¿Qué ha hecho el malnacido para justificar todo el dinero que se está gastando en nosotras? –preguntó Sammie.

–Es una larga historia.

Ashley le puso a Paige un brazo por encima de los hombros y la abrazó estrechamente.

–Las buenas historias siempre son largas. Cuéntanos.

–Todo comenzó cuando David me abandonó –explicó su hermana, respirando profundamente.

–Ése es una rata de cloaca –terció Sammie.

Paige sonrió a su hermana pequeña.

–Me acabo de dar cuenta de que ésta es la primera vez que he estado bebiendo contigo. La última vez que estuve en casa no eras lo bastante mayor.

–No, pero ya he cumplido veintiuno y tengo la edad legal para beber. Pero no cambies de tema.

–No podía soportar las habladurías –continuó Paige–. Cada vez que iba a casa para visitaros, veía como las cortinas de los vecinos se corrían y como la gente me señalaba con el dedo. Por lo que… huí. El trabajo que me salió aquí, en Las Vegas, fue la manera perfecta de marcharme de Carolina del Sur sin quedar mal, sin desprestigiarme.

–Todo eso ya lo sabemos. Cuéntanos lo bueno –incitó Jessie.

–Quería comenzar de nuevo en Las Vegas como una persona nueva. Por eso fui al peluquero de Jessie y cambié de look justo antes de marcharme. Cuando llegué aquí, añadí ropa más sexy a mi armario, vestidos de raso y otro tipo de cosas que no me gustaría que me vieran comprando en nuestro pueblo. Pero Las Vegas no es como estar en casa; no os tenía a todas vosotras para apoyarme. Dos meses después de empezar a trabajar en el Lagoon, conocí a un cliente del hotel que me dijo que se llamaba Trent Hightower. Era guapo, amistoso, una compañía agradable. Pero… no había química.

–¿Estás de broma? Ese tipo desprende sensualidad por cada poro de su piel –comentó Jessie.

–No era el hombre que habéis visto… sino su gemelo. Decidí intentar tener una aventura de una sola noche con él porque no era amenazante ni daba miedo. Era divertido y yo quería, necesitaba, superar lo de David. Pero la noche fue un desastre –confesó Paige.

–Cuéntanos qué ocurrió –ordenó Kelly.

–Él no pudo… y yo no estaba… Así que no lo hicimos. Pero el domingo de la semana pasada me lo encontré o, mejor dicho, me encontré a quien yo creía que era él. Pero este año Trent estaba irresistiblemente sexy y había mucha química entre nosotros, por lo que decidí volver a intentarlo.

–¡Ésa es mi chica! –exclamó Jessie–. ¿Pero…?

–Él fingió ser el mismo tipo que yo había conocido el año pasado. No me dijo que no me había visto antes.

–Es extraño. ¿Por qué haría eso? –preguntó Ashley.

–Tal vez porque su hermano, el tipo con el que estuve el año pasado, está casado.

–Otro malnacido. El mundo está lleno de ellos –comentó Sammie, clavando el palillo de su cóctel en la cereza que le habían puesto con la bebida.

–¿Cómo lo has descubierto? –quiso saber Kelly.

–Cuando esta mañana me dirigía a recepción, me encontré con él… acompañado de su esposa, que está embarazada. Han venido a Las Vegas para celebrar su duodécimo aniversario de bodas.

Jessie se echó para atrás y se apoyó en el respaldo del banco circular en el que estaban sentadas.

–Todo este tiempo yo he estado pensando que estabas muy aburrida y sola aquí, en Las Vegas, pero que eras demasiado orgullosa como para reconocerlo. Y, en realidad, tu vida es más emocionante que la mía. ¡Gemelos!

–Sólo me acosté con uno de ellos –respondió Paige, avergonzada.

–Con el más sexy –añadió Jessie, levantando su vaso para brindar–. Tiene aspecto de ser maravilloso en la cama.

–Lo es –contestó Paige–. Pero mi vida no es tan emocionante como he intentado haceros creer. Adoro mi trabajo, pero he estado sentada sola en casa la mayoría de las noches porque me sentía demasiado intimidada ante la idea de salir sola. Todos los lugares de los que os hablé u os escribí… bueno, no he estado dentro de ellos. Sólo he pasado con el coche por la puerta.

Ashley abrazó a su hermana aún más estrechamente.

–Nos lo imaginábamos, cariño, pero sabíamos que necesitabas tiempo para superar lo que te hizo aquel estúpido, así que te permitimos hacerlo a tu manera.

–¿Lo sabíais?

Sus hermanas asintieron con la cabeza al unísono.

–¿Y no me odiáis por haberos mentido?

Jessie tomó la mano de Paige entre las suyas.

–Sabíamos que estabas intentando evitar que nos preocupáramos por ti. Así eres tú, Paige. Siempre estás ahí para los demás, pero no permites que nadie esté ahí para ti. Pero nosotras lo estamos. Haríamos lo que fuera por ti.

–Incluido castrar a esa rata de cloaca –comentó Sammie con resentimiento.

Paige se rió ante aquello.

–Dinos qué quieres que hagamos y lo haremos –aseguró Kelly, echándole el pelo para atrás a Paige–. Somos las chicas McCauley y nadie puede reírse de nosotras.

–Gracias –contestó Paige, emocionada–. ¿Cuánto tiempo vais a estar aquí?

–Hasta el miércoles por la tarde –contestó Ashley–. Pero quizá no deberíamos utilizar el avión de ese malnacido ni permitirle que pague nuestras habitaciones de hotel.

–¿Has perdido la cabeza? –la reprendió Jessie–. Deja que el hombre pague por sus pecados. Entonces… –añadió, dirigiéndose a Paige–, ¿realmente tienes que trabajar en Navidades o era sólo una excusa?

–Tengo una semana de vacaciones que empieza hoy. Creo que tenemos que ver todo lo que Las Vegas tiene que ofrecernos –dijo Paige, enormemente agradecida por el amor de sus hermanas.

Capítulo Once

El lunes por la tarde, en su suite, Trent se quedó mirando a su hermano.

–¿Cómo pueden desaparecer cinco mujeres?

Había estado todo el día buscando a Paige en vano. Ésta no había ido a su apartamento y sus hermanas no se encontraban en sus habitaciones de hotel.

–Las Vegas no es precisamente una ciudad pequeña, hermano –comentó Brent–. Si mañana vas a ir a la reunión de la junta directiva, debes hacer ya las maletas.

Trent no quería marcharse. Tenía la inquietante sensación de que, si lo hacía sin aclarar la situación con Paige, jamás volvería a verla.

–¡Al infierno con la reunión de la junta directiva!

–¿Qué has dicho? –le preguntó Brent, impresionado.

–Voy a cancelarla.

–¿Has perdido la cabeza? –le espetó su gemelo, levantándose de la silla–. ¿Qué ocurre con tus planes de expansión? Ahora es el momento perfecto.

–No voy a marcharme hasta que no hable con Paige –insistió Trent.

–Hermano, HAMC es tu bebé. No eches a perder todos tus planes.

–Ve tú.

–¿Cómo dices? –preguntó Brent, atónito.

–Telefonearé al aeropuerto para que tengan preparado tu jet. Si te marchas dentro de unas horas, podrás regresar mañana por la noche. Estarás como mucho un día fuera. Luanne puede pasar casi todo ese tiempo en el spa. Ella siempre ha querido que tú tuvieras más responsabilidad…

–¿Lo sabías?

–Desde luego. Y ahora tienes una oportunidad. Preséntale a la junta directiva el plan de expansión –dijo Trent, decidido a confiar en su hermano.

–Pero… pero… pero… ¿qué ocurre si lo estropeo todo?

–Eres un vendedor nato, Brent. No hay nadie mejor que tú. Véndeles la idea.

–¿Y si no puedo hacerlo?

–No habremos perdido nada –contestó Trent, aunque, en realidad, sabía que habrían perdido un objetivo por el que él llevaba años trabajando.

La expresión de la cara de su hermano reflejó una gran empatía.

–Estás muy enamorado de Paige.

–Sí, lo estoy. Sé que es muy pronto para saber si esto durará, pero estar con ella me hace sentir bien. Nunca… nada me había hecho sentirme tan bien. Y no quiero vivir el resto de mi vida lleno de arrepentimiento por no haberle dado a lo nuestro una oportunidad.

Brent vaciló durante tanto tiempo que Trent pensó que iba a negarse.

–Está bien, iré a la reunión –concedió por fin su hermano–. ¿Tienes tu presentación aquí?

–En mi ordenador portátil. Iba a haber trabajado en ella mientras estaba aquí, pero… en vez de hacerlo pasé el tiempo con Paige. Tal vez necesite algunos retoques. Voy a mandarte los archivos por e-mail, aunque también te daré las notas que hice a mano.

–Las leeré durante el vuelo. Trent, gracias por confiar en mí. No te fallaré.

–Sé que no lo harás.

Hogar, dulce hogar.

El día de Navidad, Paige se quedó mirando el árbol que su familia adornaba cada año por aquellas fechas. Sus hermanas la habían convencido el día anterior de que regresara con ellas a casa.

Cuando sonó el timbre de la puerta, sintió que todos sus nervios afloraban. Era David. Había querido que su primer encuentro después de tanto tiempo fuera en privado. Al abrir y ver la cara de su ex novio, sintió cierta calidez, pero no se le aceleró el pulso ni le dolió mirarlo… tal y como le había dolido mirar a Trent tras descubrir su engaño.

–Hola, David. Pasa.

–¿Están tus hermanas en casa? –preguntó él con el recelo reflejado en la mirada.

–No, han querido dejarnos solos.

–Oh, bien. Feliz Navidad, Paige –dijo entonces David, dándole un fugaz e incómodo abrazo.

–Feliz Navidad a ti también. Gracias por venir.

–Mira, Paige, siento la manera en la que terminé las cosas entre ambos –comentó él, tenso.

–No lo sientas. Fue lo correcto. Nuestra relación se había convertido en una costumbre. No me malinterpretes. Te quiero y, probablemente, siempre te querré… pero como a un buen amigo. Crecimos y aprendimos muchas cosas juntos. Ésos siempre serán buenos recuerdos. Pero no estoy enamorada de ti, no de la manera apasionada en la que deben estarlo unos novios.

–¿No sientes resentimiento? –quiso saber David, que parecía aliviado y, al mismo tiempo, decepcionado.

–No, en absoluto.

–Entonces… ¿puedo invitarte a comer?

–Me encantaría –contestó ella, que pensó que la mejor manera de terminar con las habladurías de la gente era demostrando que no había nada de qué hablar.

–¡Qué bien te ha venido que mamá decidiera reunir a la familia en Las Vegas este año por Navidad! –comentó Lauren, la hermanastra de Trent, al sentarse junto a él en un bar.

–Lauren, no me apetece tener compañía –respondió su hermano.

Trent ya sabía que, como había programado, su avión había despegado el día anterior de Las Vegas, pero con una pasajera más. Paige. La tripulación no se lo había notificado hasta que no habían aterrizado sanos y salvos. Y él no podía ir tras Paige, ya que todos los demás aviones de HAMC estaban ocupados.

–Tu avión ha regresado, pero tu tripulación ha trabajado demasiadas horas. Nuestra hermana me ha comentado que necesitas desesperadamente un piloto. Me pongo a tu servicio.

Aquella oferta sorprendió a Trent ya que, cuando aquel mismo año se había enterado de la existencia de Lauren, le había hecho a ésta la vida… un poco difícil.

–Te perderías tus primeras Navidades con Gage.

–¿Quién crees que sugirió que me pusiera a tu servicio como piloto? Eres de mi familia, Trent, y, aunque en ocasiones eres un poco estúpido, Gage te quiere y eso es suficiente para mí. Si quieres ir a Carolina del Sur, yo te llevaré. Así tendré otra oportunidad de pilotar tu maravilloso avión. ¿Qué dices? ¿Despegamos dentro de una hora?

–Estaré preparado –contestó él, infinitamente agradecido.

Dos horas después estaban en el avión, de camino a Carolina del Sur.

–Trent, necesito que vengas a la cabina –dijo repentinamente Lauren a través del altavoz.

–¿Por qué?

–Levántate y ven.

La tensión que reflejó la voz de su hermanastra provocó que él se apresurara a ir junto a ella.

–¿Qué ocurre?

–Siéntate y abróchate el cinturón –contestó Lauren, indicándole el asiento del copiloto.

–Yo no…

–Hazlo.

Trent se preguntó a sí mismo si debía explicarle a su hermanastra quién estaba al mando, pero la palidez de ésta, así como el sudor que le cubría la frente, le asustaron. Por primera vez desde hacía más de una década, se sentó en la cabina de un avión.

–¿Qué ocurre? –preguntó de nuevo.

–Toma el timón.

–No puedo pilotar.

–Sí, puedes. Aunque no la utilices, tienes una licencia para hacerlo.

–Lauren…

–He conectado el piloto automático –explicó ella, quitándose el cinturón de seguridad. Se apresuró a dirigirse al cuarto de baño del avión, que estaba en la parte trasera de éste.

Él se preguntó a sí mismo qué demonios pasaba. Angustiado, deseó que Lauren regresara lo antes posible. Pero, al estar allí sentado con el panel de mando delante, tomó el timón y se sintió invadido por una gran nostalgia. Recordó lo mucho que le gustaba pilotar y su profundo conocimiento del mecanismo de los aviones.

Se sintió tentado de desconectar el piloto automático y pilotar él mismo...

—¿Estás bien? —le preguntó su hermanastra al regresar y sentarse de nuevo en el asiento del piloto. Había recuperado ligeramente el color de las mejillas. Olía a enjuague bucal.

—Sí —contestó Trent.

—Gage me dijo que eras un piloto maravilloso.

—Era bueno, pero de eso hace mucho tiempo.

—Bueno, pues en este viaje vas a refrescar tus conocimientos —comentó Lauren, bostezando—. Necesito dormir.

—¿Qué es lo que te ocurre?

—Si te lo digo, tienes que jurarme que no se lo dirás a nadie. Es una sorpresa. Ni siquiera Gage lo sabe.

—¿Saber qué?

—Dios, hubiera pensado que un tipo inteligente como tú lo habría adivinado. Tengo náuseas y mucho sueño. Estoy embarazada.

Impresionado ante la noticia, Trent sintió cierta envidia. Nunca había pensado en tener hijos, pero le gustaba la idea. Con Paige.

—Felicidades. Gage va a estar encantado.

—Eso espero. No ha sido algo planeado, pero creo

151

que le parecerá bien la idea. Por otro lado, nuestra madre va a odiar que la llamen abuela. ¿Puedes imaginarte a la siempre perfecta Jacqui Hightower como abuela? Pero para finales del año que viene va a tener la casa llena de niños, así que será mejor que se acostumbre a ello.

Tras decir aquello, Lauren volvió a bostezar y se echó para atrás en el asiento del piloto.

—Comprueba el cielo y el panel de mando. Este avión está programado para volar solo hasta nuestro destino, pero nunca está de más prestar atención. Despiértame antes de que aterricemos.

Impactado, él observó como su hermanastra cerraba los ojos. Entonces agarró el timón con fuerza y pensó que estaba deseando decirle a Paige que había tenido razón, que nunca debía haber abandonado algo que amaba tanto como volar. Él no era su padre.

—¿Lauren?

—Mmm —murmuró ella, medio dormida.

—Gracias por haberme hecho venir a la cabina.

Su hermanastra abrió los ojos, que eran iguales a los que él mismo veía en el espejo cada mañana.

—Trent, al igual que yo, llevas el volar en los genes. Cuando naces con un don así, no puedes huir de él. El amor es otro de esos dones. Cuando lo encuentras, no puedes dejarlo marchar.

Desde la acera, Paige se despidió con la mano de su pasado, de David, mientras éste se alejaba por la calle. Se sintió libre para afrontar su futuro. Un futuro que en aquel momento parecía sombrío, pero que sabía que tenía mucho potencial.

–¿Estás bien? –le preguntó entonces su madre, acercándose a ella.

–Sí, muy bien. David y yo hemos hecho las paces. Siento haberlo retrasado durante tanto tiempo. Era una de las razones por las que evitaba venir a casa.

–Necesitabas curar tus heridas, Paige. Todos lo hacemos a nuestra propia manera. De todas mis chicas, tú siempre fuiste la más reservada. Hemos intentado darte espacio y tiempo. Sabíamos que regresarías cuando estuvieras preparada.

–«Si amas a alguien, déjalo marchar. Si regresa, es tuyo. Si no lo hace, nunca lo fue» –comentó Paige, citando el dicho favorito de su madre.

–Sí, exactamente –dijo su progenitora, observando un lujoso coche blanco que se acercaba por la calle–. Alguien de fuera.

–¿Cómo lo sabes?

–Cariño, conozco todos los coches del barrio y casi todos los del pueblo… por lo menos hasta que llega la temporada turística. Ese coche es alquilado. ¿Ves la placa delantera?

El sol estaba dando directamente en la luna delantera del vehículo, por lo que Paige no pudo ver a sus ocupantes. Pero se le aceleró el corazón al observar que el coche se detenía delante de ellas.

La puerta del conductor se abrió y Trent salió del vehículo. Ambos se quedaron mirándose fijamente.

–¿Es alguien que conoces? –preguntó su madre.

–Sí –contestó Paige, sintiendo unas enormes ganas de salir corriendo.

–¿Quieres que me quede?

–No, puedo arreglármelas sola.

–Grita si cambias de idea.

Paige asintió con la cabeza sin apartar la mirada de Trent.

–Lo siento –dijo él, acercándose a ella–. El día que nos conocimos debí haberte dicho que no te conocía. Pero tuve mis razones para no hacerlo... razones que creí que eran buenas. Pero me equivoqué. Por favor, permíteme explicarme.

–Andemos –contestó Paige, que ya había visto varias de las cortinas de sus vecinos moverse–. Hay un parque un poco más abajo en esta misma calle.

Trent comenzó a andar a su lado y la electricidad se apoderó del ambiente. Ella se preguntó a sí misma cómo podía seguir deseándolo después de saber que le había mentido.

–No te aclaré la situación el día que nos conocimos por razones puramente egoístas. Si te decía que mi hermano, que está casado, se había acostado contigo...

–No me acosté con él –le corrigió Paige.

–Ahora ya lo sé, pero por lo que dijiste aquel día pensé que sí que lo habías hecho. La esposa de Brent lo ha amenazado muchas veces con un divorcio público muy amargo y él le ha entregado a ella recientemente la mitad de sus acciones de HAMC. En todo en lo que yo podía pensar aquel día era en lo que podría ocurrir si lo vuestro se sabía y en lo mucho que me costaría. Quiero expandir HAMC y, para lograrlo, necesito el apoyo de la junta directiva. Pero ésta es de la opinión de que para controlar una compañía tan importante, primero tengo que ser capaz de controlar a mi familia.

–Tú no eres el guardián de tu familia, Trent.

–Ahora ya lo sé. Por ti. Pero en aquel momento...

–continuó él, encogiéndose de hombros–. Tú tenías razón; debí haber dejado actuar por sí mismos a mis hermanos para que aprendieran de sus propios errores. Mientras te busqué por todo Las Vegas, permití que Brent se ocupara de la reunión con la junta directiva. Y lo hizo muy bien. Quizá mejor que yo.

Trent hizo una pausa en aquel momento.

–Paige, te mentí. Por omisión, pero, aun así, seguía siendo una mentira. Una relación debe estar basada en una total sinceridad. Cuando Brent se acercó a ti, Luanne y él se habían separado. Mi hermano estaba intentando recuperar la confianza en sí mismo con otras mujeres. Pero, si quieres que mi cuñada sepa lo que ocurrió, haré que Brent se lo cuente. Aunque debes saber que ahora son felices, han resuelto sus problemas y están esperando su primer hijo.

–¿Por qué iba a querer yo destruir algo así? –dijo Paige.

–Espero que no quieras hacerlo –respondió Trent, tomándole la mano–. Me he enamorado de ti, Paige. Quiero tener un futuro contigo… basado en la sinceridad y la honestidad.

Los preciosos ojos de él brillaron… llenos de amor y sinceridad.

–Yo también te amo –contestó ella–. Eres el único hombre que he conocido, aparte de mi padre, al que le importa tanto su familia como a mí.

En ese momento ambos se detuvieron y Trent tomó la cara de ella entre sus manos.

–Me enseñaste otra cosa, Paige McCauley. Enfrentarme a mis miedos me ha hecho más fuerte. Me retaste para que me montara de nuevo en las montañas rusas y hoy, mi hermanastra me ha hecho pilotar mi avión. Me he sentido muy bien al conquistar lo que consideraba una debilidad.

Ella miró a su alrededor y sonrió al ver como sus entrometidos vecinos corrían las cortinas de sus ventanas apresuradamente.

–Luchar contra mis propios miedos es algo que he tenido que hacer yo sola.

–Quiero ser fuerte para ti, pero no deseo agobiarte –aseguró él–. Sé que amas tu trabajo y encontraremos una manera de lograr que lo nuestro funcione si quieres quedarte en Las Vegas. Aunque espero que me permitas utilizar mi influencia para ayudarte a encontrar un trabajo en Knoxville. Durante nuestras vacaciones te enseñaré el mundo. Cásate conmigo y pasemos unas cuantas décadas enfrentándonos juntos a nuestros demonios.

La felicidad embargó a Paige, que quiso reír, llorar y cantar al mismo tiempo.

–Me encantaría.

–Siempre podríamos regresar a Las Vegas y hacerlo allí, que es donde nos conocimos.

–No me importa dónde nos casemos con tal de que nuestras familias nos acompañen –contestó ella, que no podía borrar la sonrisa de sus labios.

Él la abrazó y la besó delante de todo el vecindario. Paige lo abrazó a su vez por el cuello y le devolvió el beso con todo su amor… para que todo el mundo lo viera.

Deseo™

Boda imprevista

CATHERINE MANN

Eloisa había abandonado a Jonah Landis al día siguiente de haberse casado... y él nunca se lo perdonaría. Sin perder tiempo, Jonah pidió el divorcio y se juró que borraría de su mente todos los recuerdos de aquella mujer. Pero un año después, Jonah descubrió que, debido a un detalle técnico, todavía era un hombre casado. Eloisa había mentido sobre muchas cosas y, ahora, él finalmente contaba con todo lo necesario para desenmascararla. Si su "mujer" quería salir de su matrimonio, tendría que darle todas las respuestas que buscaba... y la luna de miel que todavía deseaba.

Yo os declaro... ¡aún casados!

Acepte 2 de nuestras mejores novelas de amor GRATIS

¡Y reciba un regalo sorpresa!

Oferta especial de tiempo limitado

Rellene el cupón y envíelo a
Harlequin Reader Service®
3010 Walden Ave.
P.O. Box 1867
Buffalo, N.Y. 14240-1867

¡Sí! Por favor, envíenme 2 novelas de amor de Harlequin (1 Bianca® y 1 Deseo®) gratis, más el regalo sorpresa. Luego remítanme 4 novelas nuevas todos los meses, las cuales recibiré mucho antes de que aparezcan en librerías, y factúrenme al bajo precio de $3,24 cada una, más $0,25 por envío e impuesto de ventas, si corresponde*. Este es el precio total, y es un ahorro de casi el 20% sobre el precio de portada. !Una oferta excelente! Entiendo que el hecho de aceptar estos libros y el regalo no me obliga en forma alguna a la compra de libros adicionales. Y también que puedo devolver cualquier envío y cancelar en cualquier momento. Aún si decido no comprar ningún otro libro de Harlequin, los 2 libros gratis y el regalo sorpresa son míos para siempre.

416 LBN DU7N

Nombre y apellido	(Por favor, letra de molde)	
Dirección	Apartamento No.	
Ciudad	Estado	Zona postal

Esta oferta se limita a un pedido por hogar y no está disponible para los subscriptores actuales de Deseo® y Bianca®.
*Los términos y precios quedan sujetos a cambios sin aviso previo.
Impuestos de ventas aplican en N.Y.

SPN-03   ©2003 Harlequin Enterprises Limited

Bianca™

Una chica inglesa sin experiencia…
a merced de un aristócrata italiano

Con cierto nerviosismo, Meg Imsey viaja a la Toscana. Contratada por un aristócrata de cierta edad por sus habilidades horticultoras, la tímida Meg está decidida a esconderse en los invernaderos. Pero eso fue antes de conocer a su nuevo jefe…

Desde la muerte de su padre, Gianni se ha visto obligado a cargar con un título nobiliario que no le interesa. Se espera mucho del conde de Castelfino, sobre todo que se case y tenga un heredero.

De modo que casi podría pensar que es cosa del destino contar con aquella chica inglesa, ingenua, tímida… y a su merced.

El conde de Castelfino

Christina Hollis

Deseo™

Un millonario despiadado

YVONNE LINDSAY

La venganza lo había movido durante más de una década y, ahora que por fin tenía su objetivo al alcance, Josh Tremont se descubrió deseando más. Su nueva asistente, Callie Lee, era guapa, sensual y aparentemente inocente. Sin embargo, se la había ganado al enemigo... ¿podía fiarse de ella por completo?

Acostarse con un millonario no estaba entre los planes de Callie, pero Josh Tremont era sencillamente irresistible. Se había metido en aquello sabiendo que traicionaría a su jefe, pero no había esperado engañar al hombre de quien se había acabado enamorando.

Durmiendo con su enemigo